講談社文庫

大原御幸（おはらごこう）

帯に生きた家族の物語

林 真理子

大原御幸　帯に生きた家族の物語

一

不思議で不思議で、たまりませんでした。

どうしてうちの父のことを、誰も書かはらへんのやろと。

うちの父は、そら、いろんな人と親しゅうしてました。その中には、有吉佐和子先生やら、瀬戸内寂聴先生、平岩弓枝先生いった、えらい女の作家さんもいたはりましたんやで。そやけど、誰もお父ちゃんのことを小説にしようとは思わはらへんかったようどすなァ。

うちの父のことを、ただの図案屋と見たはったんやろか。それとも父やうちが、昔のことを話さへんかったのがあかんかったんやろか。

いずれにしても、今日うちは父のことを話して本にしてもらおと心に決めましたんや。平成も十年過ぎると、着物を着る人がめっきり減って、この京都でものうなってしまう会社や店が幾つも出てきましたからなァ。このままでは、松谷鏡水という、あんなえらいことをした人間のことも忘れられるんと違うやろかて、急に不安になってきましたんや。

それにうちももう七十四や。いつまで元気でいられるか、ほんまにわからしまへんからなァ……。

あんたはん、新垣にはまだ会うてまへんやろ。もう隠すこともないと思いますが、あの人、癌でもう長ないと言われてます。はぁ、すっかり痩せて、もう阪神のスター選手やったころの趣はまるでありませんやろ。まあ、本当に好き勝手してきた男ですから、思い残すこともないはずです。あの男のために、うちも父も、どんだけ迷惑かけられたことか。

父が死なはった後、記念事業でつくった能装束を叩き売ったのもあの男や。あん時ははらわたが煮えくり返りました。ほんまやったら、美術館に入るはずのもんどした。ぜひ、譲ってほしいというお家元もいはりました。それやのにあの男は、すべて丹後へ持っていって、はした金で売ったんどすからなァ。まぁ、ばちがあたったんと違うやろか……。

そや、そや、亭主の悪口をゆうてる場合やない。あんたはんにうちの父のことをしつかり話さなあかんなァ。そやけどほんまやったら、こんな自費出版で本になるような人と違う。書く人かて、あんたはんみたいな若い、フリーライターゆうんどすか、そういう人やない、瀬戸内先生みたいなお方が書いてくれはったってええ人なんや。うちの父という人は。そのくらいえらい人なんや。自分の親のことをこんなにほめたら、アホかと言われるかもしれへんけど、ほんまにほんまに立派な人やった。

大原（おおはら）の山荘もご覧にならはったらわかるやろ。京都は古いもんがぎょうさんあるから、ふつうに建ってるけど、あれが他の土地にあったら、立派な観光施設ですやろな。

ちゃんと入場料とれますわ。いやいや、大原は三千院（さんぜんいん）としば漬け屋以外に、これといったもんがおへんから、あれかて公開すればバスが停まりますやろな。今は、隣りの京都大原記念病院いうところが、買（こ）うてくれはって大切に保存してくれたはりますわ。なにしろ三千坪の山荘やから、男の人が毎日まわりを掃（は）いたりしてくれてはるそうです。そしてうちの父の頃から勤めててくれはった、きのさんゆう人が、中の細々したことをしてくれます。あのお人はもう八十過ぎてるはずやけど、人が言うには、背すじがぴっと伸びて、そりゃよう働くということどす……。

へえ、あの家にはもう十年、足を踏み入れておりません。あたり前のことですがな、あの山荘でうちは、「お嬢さま」「若奥さま」と呼ばれて、大勢の人にかしずかれてたんどす。それが父が亡うなった後、どうにも持ちこたえることが出来ず、売ってしもたんどすからなァ。まァ、うち一人ならどうにかなったかわからん。そやけど新垣が派手に遣うたんや。祇園にお手かけさん囲うてたし、仕事で東京行くゆうて、銀座で散財や。そりゃ、父かて遊ばはりました。お手かけさんは何人もいはったし、その子どももうちは知ってますえ。とうに亡うなった母かて知ってはるわ。そやけど父は、うんと稼いで儲けはった、人のやらんようなことをたんとして、財産つくらはったんや。そういう人やったらなんぼ遊んでも構わしません、っていうんが、今はどうや知らんけど京都の流儀どした。そやけど新垣ゆうたら、何もせえへん人や、遊ぶ資格なんかあらへん……。

あ、あかん、あかん、また余計なこと言うてしもうたなァ。なんや、新垣がこんなに早く逝くと思うと、毎日腹が立ってかなわしまへん……。

あの山荘はほんまに立派なもんですやろ、単に金持ちが道楽で建てたものとは、まるで違います。うちの父という人は、自分で舞いをしたはったから、能のことにも詳しかったし、歴史や美術、建築かて学者さん形なしや。

「帯つくるもんは、生半可の知識ではあかん。正倉院の倉にあるもんの由緒から、価値まですべてわかるようやないと、帯の模様なんか考えられへんわ」

とよう言うてましたわなァ。

そやからあの山荘も、父の好きな「大原御幸」にちなんだものがいろいろありますんや。いくらあんたはんがお若くても、「大原御幸」のことは知ったはるやろ。お能や歌舞伎で人気のある、「平家物語」からとったあれどすなあ。

源平合戦が終わって、平家が滅亡しますな。壇ノ浦の戦いの時、平清盛の娘建礼門院は、いったん海に身を沈めますが、源氏の武士に助けられますんや。そやけど、その時、自分が産んだ小さい帝や、お母はん、一族の人らはみんな亡うなりますなァ。建礼門院はんは、大原の寂光院に入らはって、そこで尼になりますんや。そこへ後白河院が訪ねてきはりますが、あんたはんも知ってるとおり、このお方、相当の狸爺いや。もともと平家と仲ようしてたんやけど、裏で源氏とも手を結んで結局滅ぼさはったんや。言ってみれば、親の敵、子の敵やから、建礼門院はんにしても複雑やなあ……。それでもなあ、まあ尼になったお人やから、あちらの世界のことなんかゆっくり話す、というのが「大原御幸」のあらすじや。山荘は、この「大原御幸」からとって「叡覧山荘」と言いますねん。

うちは藤間流やってましたんで、お能はさっぱりやけど、これは「平家物語」の

「大原御幸」の中に出てくる言葉からきてますんや。

そやけどそんな言葉がさっと出てくるのが、うちの父いう人どしたな。

まずは山の中にあの古民家を移築しましたんや。昭和九年のことどす。うちが小学校四年生の時や。

「お父さんが、山の中に別荘つくらはるんやて。またぎょうさんお金遣わはるんやろうなあ」

と母が、ため息ついてはったのを昨日のことのように憶えてますわ。なんでも家の代金は五百円ぐらいやったけど、山の中まで家を持ってくるのに、三千五百円かかったそうどすわ。三千五百円どっせ。その頃学校の先生の給料が五十円やったていうんやから、どんだけかかったかわかりますやろ。

もともとは農家らしいんですけど、その茅葺屋根の立派なことゆうたらあらしまへん。おおらかに下にぐっと拡がっているんどす。屋根の美しさを見せるためのつくりで、入り口はちいそうなっております。そやけど、下に部屋は十一ありましたで。父はすぐに、そこに数寄屋の棟をくっつけてつくりましたんや。これは自分で考えて、それはそれは凝ったものでしたえ。網代天井に、まわりは萩の黒糸編みの掛込天井どす。床の間の地板は栃、他には紫檀と黒檀を使うております。障子の桟ひとつとっても、木組みがふつうやおへん。一本縦の桟を通して、それに穴開けて横の桟を通してますさかい、どんだけ手間がかかってますことやら。

そして父は、お湯入るのが大好きな人やったから、風呂棟も別にこしらえましたんや。昔、東京にあった八百松ゆう料亭の湯船を真似たそうどすわ。二人がゆったり入れるくらいの大きさで、高野槙を使うとります。今じゃ名前だけで、手に入れることは出来ひん木やそうどすな。そやけどそれは広い浴室やったから、お父ちゃんやお客さんが入るのは夏の間だけどしたな。

それよりも父の自慢は、庭に離して建てた書院どす。これは本当に珍しい高床式どすわ。一段ごとに違う木を使うた階段をのぼると座敷がありますんや。これは元々別のところに建てたものを移築したもんで、襖に貼られた紙は「大原御幸」の謡の教本どすわなァ。これは後から貼ったもんのような気がしますが、どないでしょうか。この書院には、戦前、韓国の李王垠殿下がお泊まりにならはったんどすえ。そんなところへ、建礼門院はんが六道の苦しさについて語る「大原御幸」の謡の文句なんか貼りますやろかねぇ。

そうそう、父はこの山荘の門を中国風にしましたんや。「去来」と書いてありましたやろ。世阿弥の「風姿花伝」の中からとったそうどす。出会った人や風景、感じたことを忘れてはあかんという教えらしいんどすけど、父はそのことをずっと心に刻みつけてたんと違いますか。一介の丁稚から身を起こした自分が、このような豪邸の持ち主になったことに、いろんなことを考えたんやないかと思います。そしてこんなこと言うのは恥ずかしいんやけどなァ、小学生の頃、うちはよう泳げへん子やったんどす。そうしたら父は、うちのためにあそこの庭に、二十五メートルのプールをつくってくれはったんどす、うちひとりのためのプールどすえ。戦争中に埋めてしまいましたけども、父という人は、ひとり娘のうちのためには、どんなこともしてくれる人どしたなァ。

　そやそや、うちの父に、なんでそんなお金があったか言いたいんでっしゃろ。今の若い人なら、帯屋や呉服屋なんか、一定のお人しか相手にしない地味なお商売や、とお思いやろなあ。この京都かて、帯や着物が売れへんって潰れるとこありますもんなあ。そやけどついこのあいだまで、日本中のほとんどの女の人が着物着てましたえ。男の人かて背広着て会社行かはって、家に帰ってきたらすぐに着物に着替えたはりました。いいえ、戦争前やおへん。戦争終わって平和になって、日本人にも余裕が出来た昭和四十年代が着物のいちばんええ時代やったんどす。帯でも着物でも、ええもんから売れたんどす。これはうちがよう知ってます。

そやけど戦争が始まるずうっと前ゆうのも、着物の黄金時代かもしれまへん、正月になると、節約(しまつ)な家の女子(おなご)はんかて帯の一本は新調したはりましたもん。そういう時代に、うちのお父ちゃんが考案した帯は、とぶように売れたんどす。

はい「松谷」というんが、うちの家の屋号どす。今は店を持たず、うちと娘のあおいとで後を継いでいます。年に何度か展示会を開いて、そこで注文をとるんです。その際には、うちの図案でつくった帯を飾ります。今は自分のところで製造、販売をいたしませんと、とても商売にならしまへん。

けど父の時代は違うていました。帯の図案、今で言いますとデザインをして、その受注会をいたします。すると京都中の帯屋さんがきはって入札をかけるんどす。「松谷」の図柄は大層な人気で、入札の値段はどんどんつり上がるんどす。ホテルやお寺を借りて開いた受注会は、毎週ありましたんや。昭和四十年代の話ですけど、これが売れて売れて、大変なもんどした。

普通の図案家さんなら、一万五千円とか二万円で描くとこでしたが、うちとこはたいていが十万円とか十二万円どす。ＡＢＣのランクでＨという最高のもんになると五十万の値がつきましたなァ。たとえば最低価格が十万円ゆう図案に、機屋(はたや)がやってきて、十八万、二十万ゆう値段をつけるんどすわ。当時はひとつの図案で、帯を百本は織ってたんと違いますやろか。えらい人気が出て、二万本売った話もありますえ。うちの図案は大柄なのが特徴で、正倉院の裂（きれ）からヒントを得たものが多かったどすなァ。

へぇ、あんたはんのお聞きになりたいことはわかりますえ。正倉院の織物から図案起こすんやったら、機屋さんが自分のところでやればええんやないかって思うてはるんでしょう。けど帯ゆうもんは、裂とは違いますねん。巾（はば）の広いもんを体に巻きつけますねん。そやから模様や色のバランスを見て、帯用にまるきり新しく描き直さななりませんねん。うちの父は、これが天才的にうまかったんどす。正倉院だけやなしに、古い裂や織物が載（の）ってる、古版の図録がありましたんやけど、それを元に、自分でまるっきり新しい柄を考えますんや。それから絵に立体感つけるために、絵具に胡（ご）粉（ふん）を混ぜて盛り上げます。もちろん、父一人やおへん。父は四十人ほどの弟子を抱えて、工房をつくってましたんや。あの頃、うちの父の図案を元に、いったい何本の帯が京都で織られ、日本中に拡がっていきましたことか……。

　このあいだ久しぶりに、昔からの機屋さんに出会うたんどす。そうしたらその社長さんがこう言うてくれはりましたわ。

「鏡水さんゆうのは、今思うとえらいプロデューサーどしたなあ。技術を持った職人と、アイデアを持った職人とを結びつける役目をしてくれましたんや」

その人言うてはりました。今、職人さんがえろうなって人間国宝になったりしはる。そやけど、ああいうお方は、絵はそりゃ立派でも、着物や帯の柄ゆうことになったらどうでっしゃろ。そこへいくと、鏡水さんは帯や着物のこと、とことんわかってはったってな。

「今の京都の着物業界がこんなに衰退したんは、鏡水さんのようなお人が出てきいひんせいですやろなァ」

と言ってくれはって、うちは涙が出るほど嬉しかったもんどす。父が亡くならはってもう二十四年たちますが、京都のお人はそんな風に考えてくれたはるんどすなあ。

何度も何度も申しますが、父とゆうのは、本当にえらい人どした。帯で儲かった分を、決して不動産なんかに遣わらしまへんでした。昭和四十年代、帯も着物も売れに売れた頃、多くの会社や工房が、不動産投資に手を拡げたはりました。京都の土地買い漁(あさ)ったり、マンション建てはったり。中にはゴルフ場経営するとこもありましたんやで。そういうとこは元も子もなくさはりました。うちのお父ちゃんは、儲けを何に遣わはったかというと、祇園どすわ。先斗町(ぽんとちょう)どすわ。舞妓(まいこ)ちゃんや芸妓(げいこ)はんに大層大金遣わはったんどす。

写真をご覧になったら、わかると思いますが、うちの父はほんまに美男子どした。うちもいろんな歌舞伎の役者さんやら知ってますけどなあ、あんだけええ男、ちょっといいひんのと違いますやろかなァ。

そやから女の人にようもてますわ。祇園で鏡水さんっていったら、男っぷりも金の遣いっぷりも最高や、と言われたもんどす。そりゃ、うちも若い娘時分は、

「お父さん、なんでこんな遊ばはるの」

と恨んだもんどすわ。いつやったかは、うちと同じくらいの年の彼女がいましたんやで。そやけど今となってみると、昔の舞妓ちゃんや芸妓はんが今お茶屋のお母はんにならはって、展示会に来て帯買うてくれはります。ほんまに有難(ありがた)いもんどすなあ、ほんまにうちの父のおかげやと思いますわ。

ほんまにほんまに、うちの父というんはたいしたもんやったと思いますわ。

二

こんなとこにまで来てもろて、申しわけなかったなァ。

なに、癌というてもこの頃はええ薬も出てる。この病院の先生は、はっきり癌やと

言う替わりに、

「治る可能性があるから告知するんや」

と励ましてくれるから助かるんや。

あんた若いのに、わしのことをよう知ってるのう、ああ、そうか、お父さんがわしの大ファンか、そやろな、あんたのお父さんぐらいの年やったら、わしのことを知らんはずはないやろな。

終戦の後は、阪神タイガースのいちばんええ時代や。もう二度と野球なんか出来んと思てたのに、戦争終わったとたん三ヵ月後には、

「早(はよ)うせんかい」

ゆうてグローブ持たされたんや。あん時は嬉しかったなあ。別当薫(べっとうかおる)や藤村(ふじむら)の富美男(ふみお)なんかと一緒に「ダイナマイト打線」と呼ばれたもんや。今じゃ、ただのおっさんやけどな。

どうして球界に残らなかったのかって。そやなあ、大学出とらんから監督にはなれん、コーチしよっても、監督次第で首切りや。そんな頃、祥子(さちこ)と知り合うたんやな。

あんた祥子のところへ行ってきたんやろ。

「父はすごい」「父はえらい」

の連発やったはずや。

父親っ子、というのも違うなあ。ほんまに父親に心酔してるんや。あれはすごいもんやなあ。この世に自分のお父ちゃんぐらいえらい男の人はおらんと信じ切っとるんや。ああいう女の亭主になるというのはつらいもんやなァ。まあ、おいおい話をするけどな。

松谷鏡水ちゅう人は、確かにたいした人やったなあ。おやっさんが死んで、わしが事業を引き継いだ頃や。機屋（はた）が来てこんなことを言いよるねん。

「鏡水はんから、花が届かんことには淋しくてなりませんわ」

わしは何のことか、ようわからなんだわ。そしたらこう続けるんや。

「春の注文会が近づくと、鏡水はんから椿（つばき）の花が届きますんや。そろそろ椿の花の模様の帯の図案、描きまっせ、という知らせなんやと、そういうことが心配りよろしゅうおましたな」

あんたも知ってのとおり、京都の人間ちゅうのは、もってまわった言い方をする。

つまり、お義父（とう）さんの後継ぐなら、もっと気ばりなはれ、とゆうことらしいわ。

わしは米子（よなご）の田舎（いなか）の出やから、京都の人間はほんまに苦手や、人間が陰にこもってて、裏でちくりちくり言いよるわな。特に西陣（にしじん）の人間ゆうのは、いったいどないしたら、こんだけ意地悪く、気位高くなるんやろて感心するぐらいや。

この頃、室町の景気そう悪くないやろ。いろんな会社が新製品やら、ニューキモノで頑張ってるわなぁ。せやけど西陣の連中は、

「わしら、室町みたいに、品の悪いことはようせんわ」

ときたもんや。

この先、着物を着る女もどんどん少のうなっていくのに、あんなえらそうな態度でやってけるもんか、わしは心配になってくるわ。

前には西陣の旦那が威張ってわしにこう言うたわ。

「うっとこは、百年不景気が来ても、大丈夫なようになってます」

けどな、不況ならなんとかなる言うても、日本中の女が、こんなに着物を着んようになったら、いったいどないなるやろか。この京都でも、このあいだの成人式の様子をテレビで見てたら、旅芸人のねえちゃんが着てるような、派手な化繊のぺらぺらした着物やで。もしうちのおやっさんが見てたら、怒って火をつけたかもしれんな。

まあ、わしは元々がプロ野球選手や。着物のことなんかようわからん。体悪うしてつくづくわかったわ。人には合うもん、合わんもんがあるんやとな。

わしは餓鬼の頃からボールを追っかけまわしとった男や。女の着物なんか、脱がせ

るもんやとしか思ってへんわ。そのわしが帯屋の社長になったんが間違うてたんやろな。

まあ、仕方がないやろなァ。あの女に会うてしもたんが運のつきや。女っちゅうたら決まってるがな。祥子や。

あんたも会うてるからわかったと思うけど、祥子っちゅうのはなかなかの別嬪やろ。今は七十も半ばでかなりの婆ァになってもうたけど、そりゃ若い時はまるで女優みたいやったで。現に聞いた話やけど、家に出入りしてた太秦の連中やらが、映画に出ろ出ろちゅうてしきりに勧めてたという話や。けど、あのおやっさんが許すはずない。まるで自分の娘をお姫さまみたいにしてたからなァ。

祥子は父親にそっくりや。鏡水ちゅう人は、そりゃ男前やったで。品がよくて背が高うて、背広なんか着て歩いてたら、京大の先生ゆうても信じるやろなあ。

ただの帯屋やない。あんたも知ってるやろけど、戦争中はあの東条英機の私設秘書をしてたんや。ずうっと大陸にも一緒におったいうことやから、当時のいろんな裏のこともみんな見てたに違いないわ。里見機関にも関係していたっちゅう話やな。

里見機関ちゅうたら、有名な麻薬を扱うとこでなあ、日本軍が資金調達のために、こっそり里見ちゅう男に権限を与えて、組織的に阿片を売らせていたっちゅうのは、いろんな本にも載ってるやんか。

いや、これはあくまでも噂やで。こんな話を聞いたら、祥子は泣いて口惜しがるやろから、ほんまにここだけの話や。

戦後おやっさんのあれだけの羽ぶりのよさは、帯だけで出来たもんやない、戦争のどさくさに、かなりの資金持ってきたんやないかと……いや、いけずな京の人間が話すことや、あんまり気にせんといて。

けどあの大原の家はすごかったなあ。個人であんだけ豪華なところに住んでる者は、もうおらへんのと違うやろか。

客が京都駅に着くとなァ、さっと専用のハイヤーが迎えにくるんや。そして山道を走る、こんな山の中に何があるんやろと、客が不安になる頃、あの門が見えてくる仕掛けや。

ほんで門をくぐったら、立派な庭と、わざと田舎風にしたでかい家やらがあるやんか。それから、あの山の中に祇園や宮川町から呼んだ舞妓や芸妓が、ずらり並んで、緋毛氈に座っとる。そりゃ誰かて、

「ここは龍宮城か」

と思うやろな。

食べるもんかてすごかったわ。近くの山で取れた松茸と松阪牛ですき焼きや。季節の頃には、鮎を何十匹も運んで、庭で串にさして焼いとった。そのために一流の料亭の者を、市内から大原まで呼んだんやで。まだ昭和二十年代の話やで。誰かてど肝を抜かれるわな。

あれはわしが、阪神から毎日に移ったちょっと後のことやった。あん時はえらい騒ぎで、新聞があることないこと毎日のように書きたてたもんや。なにしろ三十九本塁打の別当薫、鉄の肩、鉄のバットと言われたわし、それと呉昌征なんかが、ごっそり阪神から引き抜かれたんやからな。

えっ、このことはよう知らんか。帰ったらお父ちゃんに聞くんやな。毎日ゆうのは今のロッテのことや。毎日新聞は、あの頃は朝日よりもずっと上で、新聞もよう売れて金をどっさり持ってたんや。それにひきかえ阪神は、戦争で鉄道もめちゃくちゃにされていたんやなァ、もう青息吐息や。わしらが「ダイナマイト打線」なんて言われても、給料もよう出なんだで。ほんまにストライキやろうかどうしようかと相談してたとこや。

そんで、わしらが移って、毎日は日本シリーズ優勝や。めちゃくちゃにされた阪神は四位や。これには大阪中が怒りよったわ。まだ戦争の痛手が残っている最中で、阪神が生き甲斐っちゅうおっちゃんは、ぎょうさんおったからなぁ。

「金にころんだ新垣、出てこーい」

なんて家の前で騒がれたこともあったわ。

そんな時にくさくさしてたらなァ、大館から、

「京都の金持ちのとこへ遊びに行こうや」

て誘われたんや。

大館ゆうのは、わしと一緒に毎日に移った男や。ハワイ生まれやったからなァ、戦争中はそりゃ苦労したんやで。

プロ野球選手が金持ちのところへ行くというたら、することは決まっとる。今はどうか知らんけど、あの頃のプロ野球選手なんか芸者みたいなもんや。金持ちのところへ行って酒の相手をして、うまいもん食べさしてもろて、飲ませてもろて、たまには女を抱かせてもらう。ほんで小遣い貰って帰ってくる。

松谷のおやっさんは、あの頃からタニマチとして有名やった。自分が相撲取りになりたいと思ったこともあったらしいから、そりゃ関取を大切にした。千代の山、輪島も後にしょっちゅう山荘に来るようになったな。行司の木村庄之助とは、もう親友みたいなもんやったんと違うやろか。

まあ、そんなわけで大館に連れられて昭和二十六年頃、大原のあの山荘に行ったわけや。おやっさんは喜んで、肉を焼いて歓待してくれた。

ほんで後から芸妓も何人かハイヤーに乗って山に上ってきた。せやけど、そんな女たちより、わしの目を奪ったんは、藤色の小紋を着た若い女やった。衿を抜かんときっちり着とったから素人の女やっちゅうことはすぐにわかった。

「娘や」

おやっさんは言うた。

「藤間の名取りで、今、修業中や」

ほんならなんか踊ってくださいと大館が言うたら、

「本職のお姐さんたちがおる前で、踊ることなんか出来ませんよ」

と笑ったんやが、その顔がつんとしてて、まあ綺麗やった。その時なんでか、

「なんか踊ってやり」

とおやっさんが言うたんや。

「ほんなら祝儀ものをひとつ……」

と祥子は扇を持って立ち上がった。どういう踊りか全く憶えてへん。けど、くるっとまわった祥子の尻が意外に大きいて、それが何とも色っぽかった。女遊びなんぞ日

常茶飯事やったはずやのに、息も出来んぐらいになってもうた。

ひと目惚れちゅうやつや。この女を手に入れられへんかったら、生きてる甲斐もないと思った。

しかし困ったことがあった。その時わしには女房も子どももおったんや。


これがうちの父の、五十代の頃の写真どす。

娘のうちが言うのは何ですけど、ほんまにええ男でっしゃろ。松島屋（まつしまや）はんとよう似てるて言われましたが、こんなええ男、役者さんでもちょっといいひんのと違（ちゃ）います？

うちの父のことについて、いろいろ噂があるのは知ってます。それはえらい華族はんの落とし胤（だね）っていうことですわ。それなら辻褄（つじつま）が合いますなァ。

父がなんで突然、東条はんの私設秘書になったんか。なんで戦争前からうちに、李（り）王垠（おうぎん）殿下やらえらい人がおいなはったのか……。

そやけどうちの父、そういう噂をいつも否定したはりましたなァ。

うちの父の父親は、京都室町の呉服屋さんで近藤（こんどう）商店のご養子さんどした。ご養子さんですから、奥さんもお子さんもいてはります。へえ、うちの父は父（てて）なし子っていうことになりますやろか。

　これについてはひどい話がありますんや。うちの父の母親というのは老舗の菓子屋の娘どした。小町娘と呼ばれるほどの器量よしやったという話どす。調べてもらえばわかりますが、京都府立第一高等女学校の第一回卒業生どす。明治二十何年かに女学校を出てるんですからたいしたもんどす。その綺麗で女学校出の娘が、どうして父なし子を産むはめになったかと言うと、まあ、騙されたんですわ。

　先斗町の大きなお茶屋さんが、この娘を見込んで養女にくれって言わはったんどす。うちは女どすからそういう花街のことはようわかりませんが、由緒あるお茶屋さんというのは、今でも京都ではえらいもんですわ。一等地に大きなお店持って、ぎょうさんの人を使いますなァ。大阪や東京からも政財界のえらいお人がきはって、そういう方ときちんとお相手するんどすから、大きなお茶屋の女将とゆうたら一目も二目も置かれます。

　娘を女学校にやるくらいですから、その菓子屋も決して貧乏やない。そやけど大きなお茶屋の女将になるっちゅう話に目がくらんだんと違いますやろか。まるでお嫁に行くような仕度させて、養女に送り出したと言います。そやけどそのお茶屋さんは、養女をお商売の道具としか考えてなかったんどす。十七だか十八の娘にすぐに旦那を取らせたんどすわ。そしてすぐにやや子が出来て、びっくりしたのはその娘ですな。こんなはずやなかったと、子どもを産み落とすやいなや、すぐに名古屋に逃げたいうことどす。

父は、生涯ついにこの母親に会おうとしませんでした。なんでも名古屋で再婚して幸せに暮らしたということですが、自分を産んだとたんすぐ逃げたこの母親のことは許せへんかったんやろなァ。明治二十八年のことですわ。

明治二十八年ゆうたら、日清（にっしん）戦争に勝って下関（しものせき）条約を結んだ年というんですから、えらい昔のことですなァ。江戸が終わってまだ二十八年しかたってないいうことです。ましてや京都なんていうところは、天皇さんが引越してしまわれたこと以外は、昔のもんがそのまま残っているところですわ。女の人はがんじがらめになってても不思議ありませんなァ。

うちは祖母という人に一度も会うたことはありませんが、なんか気持ちはわかるような気がします。京都というところは、家庭持ちの男の子どもを産んだかて、どうということはあらしません。みんな平気な顔をして受け入れてくれはります。そやけどこういうのは、花街の女の人らの間のことどすわ。子どもが出来てびっくりして、逃げ出してしまった祖母の、素人（しろと）くささとゆうか、潔癖なところ、うちは決して嫌いちやいますえ。というのも、うちが夫の女遊びにさんざん苦労してきたせいですやろな。京の花街の女の人ゆうたら、本当に強いんどすえ。お茶屋さんから芸妓はん、置屋さんが結束して、男から金をしぼり取るようになってますんや。うちはお父ちゃんも新垣も、どんだけあっこでお金遣うたかわからしまへん。

そやけど赤子を捨てていった祖母は、決して誉められたもんやありませんなァ。そのためにうちの父は、ほんまに苦労しましたんや。生まれてからは母親の実家で育てられました。父親からは月々のものが送られてきたっていいますが、たいしたもんやなかったのと違いますか。尋常小学校しか出ていません。

あの頃はそろそろみんな小学校の高等科へ進んだっていいます。それやのにお父ちゃんは、尋常科だけなんどす。毎年必ず級長をつとめた優等生でしたのにな。

そやけどあんまり成績がええのと、綺麗な男の子やゆうので、養子に欲しいっていうお方がおりましたんや。そのお方は必ず大学に行かしてやると約束してくれはったそうどす。大学ゆうても、今どきの誰でも行かはる大学と違いますで。あの頃、男の子は小学校出て旧制中学校行くだけでもたいしたもんや。大学ゆうのはそのあと、高等学校にも通わななりません。そやからあの頃、大学に行かはる男の人ゆうたら、京都ではよほどの分限者かええおうちや。大学行かせてくれるゆうたら、まるで夢みたいな話でっしゃろ。そやけどうちの父は断わってしまわはったんや。
「わしは商人の子やから、やっぱり商人にならなあかんと思うてたんや」
と言ってはったけど、やっぱりその心の内は、自分の父親を見返したいという気持ちがあったんでしょうなァ。父親というのは、自分と母親を捨てた、ということはないにしろ、他に家庭を持っているお人やおまへんか。恨みや口惜しさもあったんと違いますやろか。

そやけどうちもこの年になってわかりますが、その父親というお人は、養子ということですから身動きが出来まへんなァ。うちの新垣みたいに、養子になってから、かえって威張り出して、金を遣いまくる男もいてますが、たいていのお人は養子に行かはったら、奥さんやそのおうちにえらい気を遣わはるはずや。祖父という人も、女学校出でえらい美人だった祖母に惚れ抜いたとしても、正式に一緒になることは無理でしたやろ。祖父は祖父なりに悩んだでしょうが、世間知らずの祖母は、手かけとなった腹立ちのあまり、とにかく家を飛び出した……。それが真相やとうちは思いますんや。

そしてうちのお父ちゃんは、自分の父親と同じ道を選びます。帯問屋の岸田商店というところの丁稚になりますんや。ここでお父ちゃんの運命は大きく変わります。なぜかというと、父はこの岸田の娘と結婚することになりますから。

こっちの母方の祖父のことを、ちょっと話さなあきまへんやろな。うちはこの祖父のことをぼんやりと憶えております。亡うなったのは昭和五年、七十三歳で、うちが六歳の時どすわ。春の終わり、白い髭をはやした祖父が眠っていて、その枕元にお父ちゃんにお母ちゃん、そしてうちが座っているあの光景を、なぜかはっきり思い出すことが出来ます。

祖父はやがて息をしなくなり、医者が「ご臨終です」と告げました。その時、お父ちゃんが、

「えらいもんやなァ……」

とつぶやいたのも、はっきりと憶えています。

「ほんまにえらいお人やったわ……」

うちは父の顔を見上げました。その頃のうちにとって、父はこの世でいちばんえらい人でしたからな。その父が、こんだけ心を込めて「えらい人」て言うんはいったい、祖父はどんだけの人やと思ったんですわ。

お話ししたとおり、お父ちゃんは十四歳で岸田商店に丁稚として入りました。昔の

丁稚ゆうたら、そらむごいもんですわ。朝は暗いうちに起きて、店を掃き清めますやろ。寝るのはいちばん最後で、手代や番頭さんの言うことは、どんな無理難題でも聞かなあきまへん。そして京のお商売してはるところは、節約がだいいちどす。粗末なおばんざいに、冷やごはんというのは、大阪と変わりないでしょうなァ。大阪の丁稚さんのことはようお芝居になりますが、京都のことはあまり知られてません。うちの子ども時代にも前垂れした丁稚さんや子守りの女の子はよう見たもんどす。まだ小学校を出るか出ないかで、子どもがこきつかわれたんはついこのあいだのことやったんですわ。

うちのお父ちゃんも十四歳でこの丁稚になったんどすけど、他の丁稚さんと違っていたのは、この岸田商店の主人も新米やったということどす。

うちの祖父にあたる岸田重兵衛は、京都でも指折りの豪商、雁半商店に見習い小僧として入ります。十一歳の時と言いますから、維新の頃でしょうな。あの頃京都は、日本中から攘夷だの、開国だの志士がやってきて斬り合いをする。合い間には新撰組が街を闊歩しているという時でっしゃろ。その後は蛤御門の変やらあって、京もかなり焼けますわなァ。そやけど女のおべべに対する執着は少しも変わりなかったということどす。

雁半商店は小売やおへん。帯の問屋と製造を兼ねていた店どす。ここで岸田重兵衛という人は、大変な働きを見せたそうどす。ご維新があって、それから外国からいろんなものが入ってきます。古い京都の女かて、洋装する人が増えます。それ以上に官員さんはみんな洋服着はるから、外国から生地が入ってきたと聞いてます。そやから日本の生地をつくってるところは、一時えらい不景気に陥りました。そやけど京都にはえらい県令さんやらお役人がいたんどすなぁ。西陣の小さい店を統合して資金を貸しつけたって聞いてます。そして西陣のお方を二人フランスに留学させて、ジャカード織を学ばせたって聞いてますえ。なんや、ジャカード織って知らへんのどすか。そうどすか、今の若い人いうのは着物着いひんから、織のことを話しても何が何やらわからんのどすなァ。それまで何色もの色糸を扱って織り出す錦は、二人の織り手がつくってましたんや。一人がこう織っていきますやろ、すると模様をつくるためにもう一人が経糸から、繋がった糸を上にひっぱりますなァ。するとその隙に織り手が緯糸を通しますんや。

この錦織のことは「魏志倭人伝」にも出てくるゆうからたいしたもんどす。途方もない時間をかけて、職人は貴人のためにこの錦を織ってましたんや。日本中の女が、死ぬまでには一度、西陣で織った錦の帯を締めたいと思うたもんどす。それほど高価なもんどした。ジャカード織ゆうんは、機械で経糸をひっぱってくれますんや。今まで機(はた)の上に人が乗っかってやってたことの替わりをしてくれますんや。これによって西陣の帯の生産量は飛躍的に増えたて言われてます。

岸田重兵衛という人は、このジャカード織をさらに研究して、いろいろな柄を生み出しました。世の中も洋風化が進んで、今までにないような色遣いや模様が好まれるようになったということですわ。重兵衛は、伝統的な帯をつくりながらも、明治という新しい時代の風を少しずつ入れていったんと違いますやろか。雁半商店の帯はえらい評判になったと言います。そやけど重兵衛はここですっかり年くってしまいました。雁半商店の方でも手放さへんかったもんやから、気づいたら番頭のまんま五十歳になってたと言います。

昔の五十歳ゆうたらもう隠居の年やおへんか。これはあかんと思って独立したんが五十三歳の時と言いますわ。西陣の端に小さな店をつくったんどすが、ここに入ってきたんがうちのお父ちゃんやったんや。

他に丁稚が二人、手代が一人いたといいます。本当に小世帯(こじょたい)で、それこそいちから始めた商売なんどす。そやけど父の頭のよさ、才能というのはふつうやなかった。ふつうの丁稚が三年で憶えるようなことを半年で憶えたと言います。そして試しに図案を描かせたら何ということですやろ、主人も驚くような斬新な柄を考えついたと言いますんや。

それから主人と丁稚の二人三脚が始まります。店を閉めた後、二人で古い文献を持ち出して、あれこれ考えることほど楽しかったことはないと父は言うてましたなあ。

帯の模様ゆうたら、まずは正倉院文様や。あの光明皇后さんが、聖武天皇さんの遺品を奉納したもんがそのまんま正倉院に残ってますんやで、全くすごいことやと、帯屋のうちは聞いてるだけで興奮してきます。そやろ、千何百年前のもんがそっくり残ってて、その模様は今でも帯になってる。そして平成十年の女たちの体を締めてますんや。そんくらいこの正倉院文様ゆうのはすごいものなんや。

蜀江文、華文、花喰鳥、鳥獣文、葡萄唐草、狩猟文、亀甲文……西陣の女やったら、こういう言葉がすらすら出てくるのと違いますやろか……。

うちの父はこういうもんをそっくり使たりしまへんどしたわ。たとえば蜀江文やったら、八角形を小さくさせて唐草を華やかにして組み合わせる。こういうことが天才的にうまかったと言いますえ。

そやそや、こんなことは大きな声で言えませんがな、明治になってから何回か学術調査ということで、学者さんらが何人か正倉院に入ってますんや。そのたびにほんの小さな香木のかけらや、裂が京の町に流れたと言いますなァ。もちろん途方もない値段がついたんですわ。いったん中に入ったら監視がないもんやから、こっそり服の下に隠して持ってこれたんと違いますやろか。いや、これはみんな噂どすえ。そやけど、うちも父を、一度でいいから正倉院の中に入れてやりたかったと思いますえ。

　父が特別の才を見せたんは正倉院模様だけやおへん。有職文様ゆうて、平安時代の貴族の衣服の模様も、よう図案に使われますんや。雪輪青海、七宝、毘沙門亀甲、鱗、雲鶴、輪無唐草……これも西陣の女やったらいくつも言えますなあ。うちの父は、単に資料を見ただけやおへん。この文様のことを調べるために、「源氏物語」、「枕草子」を原文で読んだといいます。疲れきって泥のように眠りにつくはずの丁稚が、毎晩自分で勉強して源氏を読んでいたというんですから、えらいもんやおまへんか。

　そう、そう、帯の模様には、「源氏物語」からのもんがいっぱいありますんや。お姫さまや貴公子の姿を描いた絵巻を柄に織ったもんもありますし、御所車も、雲取りも、春秋も、源氏香もそうですやろなァ。

　まだ少年の丁稚やったお父ちゃんに、祖父の重兵衛はこんなことを尋ねたそうでございます。

「この御所車、ええなあ。桜の花との合わせ方がなんともいえんなあ。そいでこの車は、光源氏はんがどこへ行かはる時のもんやろ。夕顔やろか、それとも六条御息所はんとこやろか。お前、どう思う」

うちのお父ちゃんは、

「これは六条御息所はんのとこに決まってます」

と答えたそうですわ。

「この御所車、えろう立派どす。身をやつして、庶民の住む町に行く車と違います。それに何より、夕顔のとこに通うたんは、夏から秋にかけてのことどす。春の季節はないのと違いますか……」

などと答えると、重兵衛はんは大層喜んで、

「お前はよう勉強しとるな」

と誉めてくれはったそうどすわ。

もちろん父だけの力やないと思いますが、岸田商店はどんどん売り上げを伸ばしたということですわ。なにしろおべべにかけては目が高い京の女たちに気に入ってもらわなりませんから、そらいろんなこと考えて、色の加減、模様の浮き出し方、研究を重ねたということですなあ。

そして十年もたたんうちに、西陣織物株式会社と合併したんどすわ。このあたりの仕組みが、うちにはようわかりませんが、大きい会社が岸田商店の技術を欲しがったと聞いております。祖父はここの重役という地位でしたが、利益に応じてかなりの給金を貰っていたようですなァ。自分で商店をやっていた時よりも、はるかに羽ぶりがよかったようでございます。

これはうちの祖父だけでなく、西陣の旦那衆はたいていそうですが、書画骨董に手を出して、幅広い教養を身につけていきます。いろいろな芸術家と知り合いになり、支援もしていくんどす。うちの父は、この祖父のことを本当に尊敬しておりましたから、後年こうしたことも真似ていったんでしょうなァ。

ところでうちの祖父には、四人の子どもがおりました。上から男、女、男、女どす。子どもはよう勉強が出来て、特に上の男の子の方は子どもの時には「神童」と呼ばれてたそうですわ。学者になりたいということで、祖父はこの息子を同志社からイギリスに出してケンブリッジ大学に行かせたと言います。ここの子どもらは、うちのいとこゆうことになりますが、今、みんなカナダに住んではります。昔、会うたことがありますが、今はクリスマスカードの交換くらいどすなあ。

そして下の弟の方も勉強が出来たさかい、学校を出て勤め人にならはりました。

ということで、祖父、岸田重兵衛は、娘のうちのどちらかを、父にやろうと決めてたみたいどすなあ。これは京や大阪のお商売やってるうちではよくあることどす。男の子はそれを望むなら学校出して好きなことさせる。その替わり優秀な男を選んで、娘の婿にするんどすわ。そやから女の子の方が喜ばれたっていいますなァ。

うちとこも娘はうちひとりどす。ほんまは京大出たような男はんを養子にとりたかったんやろうけど、ひょんなことから新垣みたいな男と一緒になったのが運のつきどすわ。まあ、こっちの方も贅沢は言えませんけどなあ。出戻りでしたからなァ。まあ、このことをあんたはん、お知りやなかった？　まあ、関西学院出た勤め人と、ちょっとの間一緒になってましたんや。まあ、このことはおいおい話すことにいたしましょう。今は父の話どすなあ。

うちの母はエイコといって、岸田重兵衛はんの長女になります。京都府立第二高等女学校を出ている、その頃じゃ高学歴どすわ。うちの母の望みは、自分の兄みたいな学者さんと結婚することやったそうですわ。事実、京大の化学の先生だか何だかと縁談があった言いますなァ。だけど祖父は、うちの父のことをほんまに買うてましたんや。

「あんな男二人といない」

と娘を諭（さと）したそうどすな。

「商売人としてよう稼ぐ、っていうだけやない。そこらへんの学者束にしても、あいつ一人の頭にかなわんわ」

　この言葉に、うちの母はしぶしぶ承知したいいますが……。まあ、父かて、そんな嬉しい話やったわけやないみたいどす。

　うちの母いう人は、決して醜女（しこめ）、というわけやありません。下ぶくれのかわいらし顔してましたで。そやけど母の妹という人が、大変なべっぴんやったということで、うちの父はこっちの方に懸想（けそう）してたみたいどすわ。そやけど尊敬する重兵衛はんから頭を下げて頼まれたら嫌とは言えませんなァ。わかりましたと答えたんどすわ。その替わりに、

「養子は勘弁しておくれやす」

　と言ったらしいのですわ。そして西陣織物株式会社から独立する形で、自分の店を持ちましたんや。二十八歳の時どす。室町通りに自分の本名の松谷商店ゆうのをつくったんどす。その頃百二十円のお給料貰ってたというんですから、かなり貯金もあったはずどす。重兵衛はんの援助もあって、室町に小さい店を構えるのは簡単なことでしたやろな。

あんたはんもこのへんを歩いたらすぐにお気づきやろけど、仕舞屋（しもたや）と思ったら、奥の方から機織る音が聞こえてきますやろ。西陣で出来る着物や帯は、みんな分業となってますんや。まず機屋さんがあって、図案描く人、織にかけるための紋紙をつくる人……この紋紙ゆうんは、グラフのような図で織の糸の順序を教えるパンチカードのようなもんどすな。そして糸を染める人、機織る人、それから刺繡する人……西陣のたいていのうちは、帯やおべべをつくってますわ。

うちら京都の人間は、いけずで古くさいとよう言われますが、あたり前ですわな。戦争があっても焼けなかった町で室町の頃からずうっと同じことをやってるんどすからなァ。

父は図案屋ゆうことになりますけど、一時期は工場（こうば）も持って、自分とこで機織りもしてましたな。そやけど大規模なもんやおへん。図案買（こ）うてくれる機屋さんたちの、商売敵には到底ならんような小さい工場で、実験的に能装束をつくりましたんや。

父という人は、もともとは相撲取りか能役者になりたかったって言います。相撲取りと能役者が、いったいどうつながるかさっぱりわからしまへんけど、とにかくこのどっちかになりたかったんどすわ。

そやけど写真見てもろてもわかるように、ほんまに骨皮筋右衛門（ほねかわすじえもん）どすわ。こんなに背が高うて四十キロいうんどすから、二十歳の時、徴兵検査にも落ちたって言いますわな。そやからこそ相撲取りに対する憧れはほんまに強うて、やがて行司の衣裳はほとんどうっとこでつくって寄贈するようになるんどす。何代めかの木村庄之助(きむらしょうのすけ)さんとは、おれお前の仲どした。

そして父の心をとらえて離さへんかったのは能の世界どす。勤めていた頃、謡(うたい)か仕舞を習いたいと思っていたそうですが重兵衛はんにこう言われたそうどす。

「能ゆうたら大名のもんや。商売人がやるもんやない」

だから父が一家の主人になって、まず始めたことは仕舞どした。これはお父ちゃんが深く愛して勉強した古典の世界とぴったり重なるもんどすわな。

初めて自分で舞ったのは何でしたやろな。「安宅(あたか)」か何かと違いますやろか。うちは同じ舞踊でも、お能はまだるくてどうも辛棒(しんぼう)出来しまへん。そん替わり夢中になったのは踊りどす。あん頃、京都で藤間習う人は珍しかったと違いますやろか。花柳界(かりゅうかい)のお人は舞いの井上(いのうえ)流と決まってますが、素人の娘は、若柳(わかやぎ)流どす。ええとこの娘はたいてい若柳を習(なろ)うておりました。

そやけどこの藤間習うたっていうことは、その後のうちの人生を変えてしまうくらい大きなことやったんどす。これはまたおいおいお話しいたしますけどなァ。お稽古(けいこ)

ごとは六歳の六月から始めるとええなんて言いますけど、うちの場合そんなことありしまへん。もっと前に習うてましたえ。

憶えてんのは、若柳のおしょさんとこ通って初めてのお正月の時でしたわ。弟子たちが集まって新年会しますんやわ。新年会ゆうてもたいしたものやありません、おしょさんとこのお座敷で、みんなでご挨拶してその後は蜜柑やお菓子食べますんや。戦前の京都のことですから、みんなおべべ着てはります。そん時うちの父は、

「帯屋の娘にめったなもん着せられんわ」

とそりゃ気ばってくれはったんどすわ。千總の振袖は、うちのお父ちゃんが選んでくれはったもんで、ひわ色に独楽や羽子板を染めて、ところどころ金彩をほどこしてありますんや。そして帯はその日のためにうちの父が特別に織らしたもんで、忘れもしまへん、黒地にかわいい手毬が織り出されてました。

他にも機屋や染め物屋の娘はおりましたが、五つか六つの子どもに、こんな豪勢な着物着せる親はいやしません。

「祥ちゃんは、まるでお姫さんみたいやな」

皆に誉めそやされたのを昨日のように思い出します。

初めてのおさらい会で「お染」を踊った時は、

「人形が踊ってるようや。ほんまにかわいらし」

とどよめきが起こったことがあります。もう少し年がいってからは、うちに時々くる大きなお茶屋の女将さんらが、

「ほんまに社長さんとこの嬢さんやなかったら、うちに欲しいとこや。この器量で芸もしっかりしてはる。京都いちの芸妓にしまっせ」

と半ば本気で言うので、父は上機嫌になります。父はほんまにうちのことが自慢で自慢でたまらんかったんどす。ある日酔った時に、お母ちゃんにこんなこと言うたんを憶えてます。

「金を儲けていちばん嬉しいのは、別嬪の娘をうんと着飾らせて見せびらかすことや。舞妓や芸妓には絶対にせえへん。祥がええべべ着て踊ってんのを見るたびに、ああ貧乏人やのうてよかったとつくづく思うわ」

昔のことどすから、京都育ちの父は、近所の女の子が金と引き替えに置屋に売られていくのを見ていたんですやろな。

うちにたんとお金を遣うて着飾らせるいうのは、父の成功の証なんどすわ。

そやそや、たくさんの人がうちの顔や様子を誉めた後で、小声でそっとつけ加えるんどすわ。

「お父ちゃんの方に似てほんまによかったなァ」

これがうちの母の写真どすわ。へえ、若い時からでっぷり太って年よりは老けて見えますわなァ。母は決して不器量違います。色が白うて、目鼻立ちは整うてました。そやけどうちの父の役者みたいな男ぶりに比べたら、やっぱり平凡な感想を人は持ちますやろな。しかも母は家つき娘や。祖父ゆう人が、父の才能見込んで、

「娘を貰ってくれ」

と頭下げた縁どすさかい。世の中の人ゆうんは意地悪な目を持ちますなァ。特に京都の人はそうどすわ。京都は商家の町ですさかい、ご養子さんはそう珍しくはありません。そやけどご養子さんは、何か軽く見られるとこありますなァ。

うちの父には、その養子という肩書きをふり払いたい思いがあったでしょうし、自信もなみなみならぬもんがありました。だからよう遊ばはりましたわ。ひと頃は「東京二号」「京都三号」なんてうちらが番号をつけるくらいおなごはんいましたんや。

だけど母のことは「おっかあ」「おっかあ」とそりゃ大切にしてました。いつも微笑(ほほえ)んで父のすることをじっと見てた母に、あの頃のことを聞いてみたいもんどすわ。自分が今、亭主にさんざん浮気される身になると、ほんまにそう思いますわ。

三

今も目を閉じると、あの大原の邸のことがはっきりと甦ります。

あそこでは風もそよそよと、鳥の声も雅どした。ウグイスやホオジロも決してけたたましく鳴いたりはしまへん。山の中でひっそりとほんまにええ声で鳴くんどす。

山の中を車でくねくねと上がってきて、突然目の前に現れる宏大な邸に、皆さん驚かれます。そしてうちの父の心のこもった接待に、皆さんは、

「まるで山の龍宮城に来たみたいだ」

と驚かれ、大層喜ばれたものです。

支那事変が始まって、世の中が窮屈になっても大原の邸では何ひとつ変わりません。お酒もふんだんにありましたし、有名な料亭の板前がきてくれはって、目の前で鮎を焼いたりいたします。舞妓ちゃんや芸妓はんたちも、出の衣裳を着てにぎやかに車できてくれはるのをまるで昨日のように思い出しますわなぁ。

「先生、おおきに」

「先生、また来ましたえ」

濃い紅つけた可愛らしい口で、次々に挨拶するのに、父はそら嬉しそうに応えてましたなァ。あの頃もよう遊んだはりました。祇園にも何人かええ人がいたんどす。売れっ子の芸妓はんを囲っている、という話も聞こえてきましたなぁ。

そして父のこんな豪奢な生活をいくらでも続けられるほどに帯は売れていました。近衛はんの国家総動員法が決まったのは確か昭和の十三年でした。その後に繊維製品はいろいろ制約がかかるんどすけど、それが女の心に火をつけたんでしょうなァ。

「いいもんは今のうちに買っとかな」

と高価な帯は、それこそ飛ぶように売れたんどす。特に娘を持っているとこは、女学校に入ったばかりやろうと、小学生やろうと、嫁入り道具に帯がない、っていうわけにはいきません。そんなわけで小売り店やデパートが、お早めに、とけしかけたんと違いますやろか。女たちにとっては、支那事変ゆうても、遠いとこでやってる戦争や。いつか日本が勝ってすべて終わりやぐらいのもんでしたやろなぁ。

そやけど昭和十五年になりましたら、東京や大阪では、米や味噌、砂糖なんかの十品目が切符制になりました。そうしているうちに奢侈品の製造販売を制限するっていう規則が出来ましたんや。そう、よく言う「七・七禁令」どすなァ。これによって絹織物をつくるのは禁止されるようになりました。しかし不思議なほど、父は動揺した

はりませんでした。戦争はいずれ終わると考えていたでしょうし、

「うちとこは、十年二十年戦があっても耐えていけるわ」

という自負のあらわれだったに違いありません。室町や西陣の業者も、みんな同じやったはずどす。なにせ京都は、信長の時代から何度焼かれたかわからしまへん。そやからふだんはずっと節約して、貯めるもんを貯めておきます。うちの父みたいに、パッパと使いはる人でも、じっくりと将来見据えて国債や純金といったものを買っていたはずどす。

戦争が始まってから、大原の邸に来はるお客さんは軍人さんが多くなりました。父は大政翼賛会にも入って、橋本欣五郎さんとも親しくつき合うようになりましたんや。

戦前ハシキンなどと呼ばれた右翼の軍人さんのことを、あんたはんのような若い方が知ってるはずもありませんなァ。うちが出会った戦時中は、大政翼賛会のえらい人をやられたり、衆議院議員さんに当選したはったと思います。痩せて険しい顔してはるという印象どしたなァ。

それから里見甫さんのことも忘れられません。里見さんとゆうたら、有名な里見機関のお人どす。父に里見さんを紹介したのは、甘粕正彦さんみたいどすな。へえ、あ

の有名な甘粕さんどす。うちは実際にお会いしたことがありませんが、橋本さんを通じて、甘粕さんは父と親しくなったようどす。

へぇ、あんたはんも甘粕さんのことを知ったはりますの。へえー、映画にもなって有名な音楽家が甘粕さんを演じた……。そやけど里見さんの名は初めてだと。

そうやろねぇ、まあ、ふつうの人は知らんやろねぇ。これはもう本にもいろいろ書かれていることどすが、戦争中、東条さんはこのお人に阿片の売買をやらせていた、ということどすわ。当時支那のお人は、阿片がなきゃいられへんということどした。ほら、満洲国の皇帝溥儀さんのお后さんも、阿片中毒で有名どした。えらいお方も阿片を手放さへんかったんやろねぇ。里見機関はその阿片を扱って大変なお金を手に入れたって聞いています。そのお金は甘粕さんを通じて、東条さんの軍資金になったんどす。そのお金を戦後のどさくさに自分のものにしたんが、笹川良一さんやら児玉誉士夫さんで、あの人らのことは、うちの父もちらっと言っていたことがありましたなア。

「火事場泥棒ゆうんは、あの連中のことやないやろか」

そうどす、うちの父は本当に潔癖な人どしたから、そういう汚ないことにはいっさい手を染めずに帰国したんどす。戦後はきっぱりと政治の世界と手を切って、元の帯屋に戻らはったんどす。こんないさぎよい人、ちょっといいひんと違いますやろか……。

そうやろねぇ……あんたはんがさっきからずっとけげんな顔してはるの、わかりますえ。甘粕さんやら、里見機関やら、児玉誉士夫さんやら、歴史ドラマに出てくるようなお人が次々と出てきて驚いたはるんやろ。そやけどね、戦争前から、この山の龍宮城をめざして、そりゃえらいお方や不思議なお方がいっぱいいらっしゃいましたんや。前にもお話ししたとおり、朝鮮の李王垠（ぎん）殿下もお泊まりにならはったし、皇族の東久邇（ひがしくに）さんもしょっちゅういらっしゃいました。うちの父は間違いなく、戦争中の歴史を担ったお人やったんや。

あれは忘れることが出来ません。昭和十六年十月東条さんが総理大臣にならはってすぐのことどした。うちに一通の電報が来たんどす。

「スグオイデ　マツ」

うちの父はその電報を読むやいなや、すぐに東京へ行きました。そのまま東条さんの私設秘書になったんどす。そして戦争中は東条さんの命じるままに、満洲やら朝鮮やら、上海（シャンハイ）、北京（ペキン）を旅することになるんどす。

父が死んでから、何人かの歴史作家やジャーナリストの方がおいでになりました。

そして父の戦争中のことについて聞くんどす。

「いったいどんなことをおっしゃってましたか」

「ご自分の任務について話されたことがありますか」

そやけど、うちの父から当時のことを聞いたことはただの一度もあらしまへん。お国のためにしたことだ、いろいろな秘密を抱えてしまったが、それは決して漏らしてはならない。そう父は考えていたんでしょうなァ。ほんまに立派どすわ。

あの頃うちはまだ十代の女学生どした。もしうちがもう少し年のいった男の子やったら、根掘り葉掘り父親に聞いたかもしれませんが、まだ若く世間知らずのうちは、父親が口を閉ざしていることを無理して聞こうとは思いませんどした。今思うともったいないことをしたかもしれませんが、あの時はそうするしかありませんでした。だってそうでっしゃろ、どんな男の人かて戦争中のことをぺらぺら喋べったりはしいひんでしょう。みんないろんなものを抱えてるんどす。ましてや総理の私設秘書てゆうたら、そらぎょうさんの秘密を持ったことと思います。

うちは東条さんというお方にお会いしたことはありませんが、お父ちゃんの話では、とても立派な頭のええ方やったそうです。ほんまかな、と思いますわなァ。だって東条さんのせいで、日本とアメリカの戦争は起こったんどす。それに学徒出陣を命じたり「生きて虜囚の辱めを受けず」と言ったのもあのお方でっしゃろ。それだけやおへん。アメリカ軍が捕まえにくることがわかったら、ピストルで自殺を図らはりましたなァ。あれもみっともないことやおへんか。あの当時の日本人はみんな、

「戦争の責任とって死ぬなら、日本刀でいさぎよく割腹自殺しろ」

と思ったんと違いますやろか。

京都は戦争で焼けへんかったから、苦労が少ないと思われたら大間違いどすわ。神戸高商行ってはった母方の従兄は、フィリピンで亡くなりました。会社の人かて若い人で帰ってきいひん人も何人もいてます。ひもじい思いもしましたわなァ。東条さんはやはりあかんお人やなかったでしょうか。けどこんなこと父に言えやしまへん。父はやっぱり東条さんのことを尊敬したはったからです。

東京裁判で死刑の判決出て、絞首刑になった時、お父ちゃんは仏壇の前でじいっと手を合わせてましたなァ。あん時はかける声もありませんどしたわ。うちも母も何日かはその話はせえへんようにしてましたのに、生糸売りに来はった丹波の商人が、何にも知らんと父に言いましたんや。

「東条がなんやしばり首になったそうどすなァ。なあ、先生、あんな東条の首、千本二千本しめてもろうても、こっちはちっとも気が済みませんわなァ」

そうしたらお父ちゃんは静かな声で言いましたわ。

「まあ、東条さんが正しかったかどうかは、百年先にわかるやろ」

あれから五十年たちましたやろか。けどやっぱり東条さんの評価は変わりませんやろなァ。戦争中うちのお父ちゃんはいったい何しはったのか……まあ、お聞きになりたいのはわかりますが、うちかて本当に知らんのどすわ。

昭和十九年、にっちもさっちもいかんようになって東条さんが総理辞めはりました。父も大原に帰ってきました。それきりぴたりと政治の話はしなくなりましたなァ。

あんだけの人です。戦後府会議員の話も出ましたが、それはきっぱりと拒否しはりましたわ。いや、うちの父やったら、いきなり衆議院や参議院出はってもよかったのと違いますやろか。

そらそうですやろ。うちの父は時の総理をはじめ、一流の人たちと渡り合うて、なんとか日本をよくしようと頑張ってきはったんどす。京都の図案屋が、歴史を動かしてきたんどす。どれだけうちの父が頭がよくて知識に溢れていたかの証拠と違いますやろか。

父は昔の尋常小学校しか出たはらへんけど、よく勉強しはって、本もぎょうさん読んでましたわ。新聞に出てたことかて先にみんなわかっていました。そんなことよりも天性の頭のよさ、ゆうんでしょうか、世の中や人を見極める力が備わっていたんどすなァ。

昭和二十年の正月でしたわ。うちとお母ちゃんに向かってこう言わはったんどす。

「お前らだけに言うとくわ。おそらく日本はもうすぐ負けるやろな」

「そんなこと……」

当時軍国少女だったうちは、びっくりして声も出えへんほどでした。

「もうじき帝国海軍は一丸となって、アメリカに攻め入るのと違いますか。そうしたら日本はきっと勝つに決まってますわ」

「新聞に書いてあることなんか信じたらあかん」

父はきっぱりと言います。謡（うたい）で鍛（きた）えてはるのでこういう時の声は、ぴりりとあたりに響くのです。

「もう日本には鉄砲の玉も石油も何もないわ。あるんはやる気だけやろ」

「そやけど、やる気があれば勝てますやろ。毛唐（けとう）と違って日本には、最後までやり抜く皇国の精神ゆうものがあります」

母が言うと、

「そんなもん持ってたかて、鉄砲玉飛んできたらしまいや」

と答えたので、うちは気が気ではありません。

「そんなこと言うて、憲兵来たらどうしますの。室町で、もうじき日本は負ける言うたばかりに、警察つれてかれた人いますで」

「こんな山の中の話、いったい誰が聞いてるんや」

父は笑いました。

「京都かてB29にやられるかもしれん。店の大事なもんはこっちに運んできた方がええ。それから戦争に負けたら食べ物はもっと悪なるはずや。今のうちに倉にある反物(たんもの)や帯は米に替えとくことや」

そしてやがて父の言うとおりになったんどす。天皇陛下のお言葉は、大原で聞きました。うちや母、店の者は泣いていましたが、父は正座したままじっとして動きません。そしてややあってからこう皆に告げたんどす。

「京都は焼けなんだ。わしらはまた帯をつくるだけや」

そして父は、生涯中国のことを口にしなかったのです。

戦後いろんなことがあったはずなんどすけどよう憶えてへんのは、やはりこの大原の里で、両親に守られて静かな暮らしをしていたからでしょう。京都の街にも進駐軍がやってきたんどすけど、うちは目にしたことはあらしまへん。ラジオをつけると、ジャズやら何やら、アメリカの音楽が流れてくるようになりましたが、うちはあまりああいうもんが好きやありません。口に出てくるもんといったら、長唄や常磐津のひと節です。戦争中はずっと踊りの稽古を休んでいましたが、平和な時代が来た今、踊りとうて踊りとうて体はうずうずしてきます。

けれどそんな時にうちの縁談が起こったんどす。

父も母も、ひとり娘のうちの結婚相手については、そら、ずっと心を砕いてたと思いますが、こんなことを言うたらなんどすけど、松谷鏡水の娘ゆうたら、そこいらの男とするわけにもいきません。うちの母は、うちを学者さんに嫁がせる夢を持ってはりましたし、父の方は養子になってくれる商売上手なお人を考えてたはずどす。

そやけど戦争のおかげで、若い男というもんがいなくなったんどす。ぼちぼち復員する人も出てきましたが、それでも数は足りませんわなァ。

あの頃よく、

「ムコひとりに、年頃の女はトラックいっぱい」

と言われてました。ほんまに条件に合う若い男がいてへんのどすわ。まわりでも許婚(いいなずけ)が亡くならはった女がいっぱいいました。うちらの世代で結婚しそびれてそのまんま年とった女ゆうのはとても多いでしょうなァ。戦争というのは、終わってから何年たっても人を不幸にするもんどすわ。うちはほんまにそう思います。

昭和二十三年といえば、あの東条さんが死刑にならはった年どす。戦後の大変な時どすけど、まあ、ひと区切りはついたという思いどしたやろか。戦争中絹織物の製造はあかんとゆうことで閉鎖になっていた松谷商店も、軌道にのり始めました。焼けなんだ西陣がいっせいに帯を織り始めましたんや。みんなこっそりしまっておいた糸があったんどすなァ。父は松谷商店を叡覧荘という名に変えました。大原の邸の名前を使うて、今でいうアトリエみたいにしたかったんやと思いますわ。

そしてうちは二十四歳になってました。戦争中に府立第二高等女子校を出たまま、家の手伝いやら習いごととして勤めたことはあらしまへん。箱入り娘ということでっしゃろか。そやけどこの箱入り娘、思いきり贅沢に我儘に育てられましてなァ。前にもお話ししたと思いますが、水泳習ういうたら庭にプール、踊り習うというたら最高のおしょさんに金かけた温習会という騒ぎどすわ。

「松谷さんとこの娘さんは、えらい金かかるらしいわ」

とさぞかし陰口叩かれてたんでしょうなァ。舞い込み始めた縁談もなかなかまとまりませんわ。そのうち二十四になってしまいました。

今の二十四と昔の二十四といやまるで違います。あの頃、ええとこの娘やったら女学校通うてる頃から話があって、二十前に嫁いでいたもんどす。それが二十四とは、と、親が少々焦ってきた頃に同業者の人が写真を持ってきはったんどす。関西学院出て、自転車組合に勤めはる人どしたわ。

「性格がやさしゅうてえらい男前どすわ」

という仲人の口上どおり、写真見たらほんまに映画俳優みたいな顔してはりましたわ。

「わしの顔立てて、会うだけ会うてみてくれはらへんやろか」

ということで京都ホテルのロビイで見合いをしました。ところがそのお人、写真とかなり違うんどすわ。支那の戦線から帰ってきはってえらい苦労しはったことはわかりましたが、痩せてずっと貧相になってました。そのわりには唇が赤くぬめぬめしていて、まるで肺病の人やおへんか。おまけにぼそぼそと小さい声で喋べるんどす。

「ちょっと違うんやないの」

とつき添ってくれた母も言ったほどどす。そやけど相手はうちをとても気に入ってしまったんです。父が手紙で断わったのにもかかわらず、もう一度考えてほしいと大原へやってきたんどす。相手の訴えにじっと耳を傾けていた父は、うちを呼んで庭に出ました。

「もうこうなったら断わるんもむごいことやろな」

とこともなげに言うのです。つまり父親としてこの話に賛成ということでした。父の言うことは絶対でしたので、うちは反対することは出来しまへん。

えっ、何をお言いやすの。好きでもない相手となんで結婚なんかするのかっておっしゃられてもなァ、昔の娘はみんなそうでした、としか言いようがありまへんなァ。ちゃんとした家で、恋愛結婚した娘の話など聞いたことあらしまへん。みんな親の決めた男はんと結婚するんどす。いい悪いもあらしまへん。そういうもんやさかい。

いくら我儘なうちかて、親の決めた縁談に嫌と言うことは出来しまへんでしたなァ。あの頃の父の心のうちを思えば、戦争で男がいなくなった世の中で、ひとり娘の行末が案じられて仕方なかったんどす。何より嫁かず後家だけにはしたくなかったんでしょうなァ。

式は平安神宮で挙げ、大原の里で披露宴をしました。ものがない時代どしたけど、父は白無垢を着せてくれはりました。うちが小学校時代から大切にとっておいてくれた極上の白布地で、この時のために仕立ててくれたもんどす。祇園から芸妓はんが来て寿ものを踊ってくれはりましたが、あんまり上手くないなあと思ったいうことだけはよう憶えてます。

あの頃は新婚旅行へ行く習慣もおへんから、すぐに右京区の相手のうちに入りました。お姑はんがまだ元気で、まあいけずなお人でした。野菜の切り方から練炭の使い方までいちいち文句言わはるんどすわ。揚句の果ては、

「まあ、分限のお嬢さんやさかい、何も教わってなかったんやな」

と嫌味どす。大原の家は女中が何人もおりましたが、職人さんらの世話で忙しいからうちは何でもやってましたし、家事もひととおり仕込まれてます。そんなこと言われる憶えはないんどすわ。

それにうちは化粧料ゆうんでしょうか、毎月父からお小遣いをもろうてました。そういうもんで自分の洋服買うたり、身のまわりに使ったりしても文句言われる筋合いのものではありません。

まあ姑のいけずなんか耐えられますわ。あの頃、どこへ嫁いだかて姑なんかそういうもんどすわ。うちが耐えられなんだのは、相手の男が会社をやめて父の仕事を手

伝いたいと言い出したからです。おそらく大原の宏大な邸や、豪勢な遣いっぷりを見て、帯屋というのはよっぽどいいもんと思ったのと違いますやろか。

「わしが何ぼでも売ってみせるがなァ」

そのお人は言うんどす。

「お父はんは今までどおり図案に専念してもらって、あちこちに売り込みに行くのはわしがするがな」

うちの嫌いな赤い唇でねちねち言いつのるのです。うちに相談なく会社に辞表を出していました。後から聞いた話ですが、

「女房の親父の後継いで、松谷の社長にならなあかんのや」

と皆に言いふらしていたようですな。

うちは思い余って父に相談しました。すると、

「若い男やったら、今の世の中、会社勤めに辛棒ならんのかもしれんな。お前の婿はんにどれほど出来るかわからんが、ちょっと働いてもらおやないか」

ということで会社の営業として雇ってくれたんどす。

帯の図案を買うてもらうのは、受注会ばかりやあらしません。九州や金沢の帯の産地にも行って買うてもらわななりません。

うちの父がたとえば福岡（ふくおか）の博多帯の工場へ行かはると、先生、先生と大歓迎してくれはります。みんないちばん新しい帯のことを知りたがってはるんどす。うちの父というお人は、売り込みがうまいというのとは違います。あの品のある様子で話し始めると、どなたでも熱心に聞いてくれはるんどす。

うちの夫やった人は、自分も同じようにしてくれると思ったんでしょう、しかし帯のことを全く知らない若造が行ったかて、けんもほろろですわ。すると怒らはるんどす。その怒り方は日ごと激しくなります。

「お前の親父が工場の者としめし合わせて、俺を馬鹿にした」

と見当違いのことを言い出して、うちを殴るようになったんどす。ええ、ほんまに殴るんどすわ。うちは親戚のうちに逃げてしばらくかくまってもらいました。こん時は父がほんまに怒らはって、すぐに離婚ということになりました。へえ、離婚どすわ。うちもことのなりゆきに、ぼーっとしてしまってねぇ、なんだか夢をみてるようどしたわ。

そして家に帰り、大原の自分の部屋で目を覚ましますわな、いつもどおりチチッと鳥が鳴いて、かすかに竹林のざわめく音がします。

「なんか嫌な夢をみてたなァ」

と思うんどすわ。何やら嫁に行って、夫に殴られてる夢やわ。なんてけったいな夢をみたんやろなァと、またウトウトしますなァ、すると今度ははっきりと目が覚めて、

「なんやの、あれ夢やなかったの」

とびっくりしますんや。それほど短かい、あっという間の結婚生活でしたわ。

「なんかよう考えんと、お前をあそこに出したのが間違いやったなァ。まあ、ええわ。ゆっくりせい。今度のことは半分はわしの責任や」

と父はうちを慰めてくれました。

そやけど昭和二十年代、離婚ていうたらぶざまなことどす。京都は狭い町やから絶好の噂のたねになりますわ。そうでなくとも、松谷は目立つ家どす。一代で三千坪のこの邸を建てたお父ちゃんは、同業者から尊敬されていましたが、同時にやっかまれてもいたんどす。

「あんだけ贅沢に気ままに育てはったら、辛棒出来る婿はんもおらんやろなァ」

と言うだけでなく、一年ちょっとのあまりにも短かい結婚生活は、うちに以前恋人がいたせいで終わったと出鱈目（でたらめ）を口にする人さえいました。あの頃うちはすっかりふさぎ込んでしまいました。

離婚して出戻りになったうちなど、この先にもはや何もない。一人ぼっちで年老いて朽ちていくだけやとさえ、思いつめるようになったんどす。

そんなある日、二人で庭に立っておりました。あれは春のことやったでしょうか。まわりの山々のまだ花をつけていない桜が、かすかな、やわらかい桃色を帯びてきたのがわかります。

「イノシシ、どこか行ったなァ」

のんびりとした調子で父が声をかけてきました。

「どこへ行ったんやろ夫婦（めおと）のイノシシ。オスの方がまずエサもらいにきて大丈夫やとわかったら、嫁はんを呼ぶんや。イノシシでも仲ようてたいしたもんや」

「ほな、うちはイノシシより劣ってたわけどすなァ」

「まあ、どっこいどっこいくらいやろ」

うちらはふふと顔を見合わせて笑いました。その後、お父ちゃんは、しみじみ言うのです。

「祥子、お前、久しぶりに笑うたなァ」

「たかが離婚やないか。男と女が別れるなんてことは、この世にいくらでも起こることや。それやのに祥子はすっかりふさぎ込んでしもうたなァ」

別にそんなことはないと言いかけて、空々しい言葉を口にしたくないとうちは黙り込んでしまいました。

「祥子のええとこは、明るくてよう笑うことやないか。離婚ぐらいでこんなにくよくよするとは思うてもみいひんかったぞ」

「うち自身はそんなに気にしてないんどすけどなァ、嫌なのは世間の目どすわ。いったい何を言われてるのかと思うと、すっかり嫌になりますわ」

「世間の目なんぞ気にせんでもええ」

とっさにそれは嘘やと思いました。お父ちゃんの洗練された身のこなしは、世間の人の目によってとぎすまされたものなんです。少なくともあの頃の京都で、「世間の目なんぞ気にせんでもええ」としんから思っている人などいないでしょう。それでも、うちは父の言葉が嬉しくてたまりませんでした。

「お前なァ、もう一度踊りやってみ」

「えっ」

「そうや踊りや。戦争中お前が雑巾がけする時足拍子とってたの知ってたで。踊りが好きで踊れへんいうんは、機屋(はた)が戦争中一本の帯も織れへんかったんと同じや。祥、踊るんや」

ええっと、うちは父の顔を見上げます。

「今度はお父ちゃんも気ばったるでえ。祥子踊れや」

祥子踊れや、この言葉を胸にしみ込ませ、うちはずうっと生きてきたような気がします。

四

京都の人は〝いけず〟とよく言われます。お腹の中と口にすることが違うということでしょうか。京都で生まれ育ったうちかて、これはあたっている、と思うことがあります。

〝出戻り〟になったうちについて、あれこれ言われているらしいことは気づいておりました。「あんなに大切に贅沢させはっても戻ってくるもんは戻るんやな」と。一代でこれだけの財と名声を得た松谷鏡水へのやっかみもあったのと違（ちゃ）いますやろか。

父は昭和二十五年に二科（にか）会工芸部会員に選ばれました。あの頃の二科会は、今のように芸能人を入選させて話題をとる団体とは違います。ここに選ばれることは、文字どおり美術界からお墨つきをもらうことどした。

その頃から朝鮮戦争によって国の景気はどんどんよくなりましたわなァ。糸ヘン景気といわれて、最初は軍隊で使うテントや防水布が売れに売れたんどすけど、やがて着るものの方にもお金がまわっていったんどすわ。

「ガチャマン景気」ゆうのもありましてな、機械で反物織らはるとこで、ガチャッて一回機械の音がするたんびに、一万円儲かるということですわ。まぁ、そんだけお金が入ってきたゆうことでしょうなァ。

戦争が終わって、やっとひもじい思いもしいひんようになって、女の人がとびつくもんゆうたら、やっぱり着るもんどすわ。

とにかく大半の女の人が、もんぺ以外に着るもんがなかったんどすからな。うちが焼けなんだ人や、荷物を疎開させてた人は幸せどすわ。うちの知ってる大阪の船場（せんば）のご寮人（りょん）さんで、えらい衣裳道楽のお方がいたはりました。松谷の帯をよう買ってくれはった方どす。おべべも簞笥（たんす）十竿（さお）ではききませんでしたやろなァ。えらい日本画の絵描きはんに頼んで、つくらはったもんもあるとゆうことでしたわ。

いよいよ大阪もあぶない、とゆうことで、このご寮人さん、福井（ふくい）の親戚のとこに着物預けたはりました。旦那さんはお茶やってたお人どしたから、お茶道具もその荷の

中に入れようとしたら、
「なに言うてますの。花入れだの茶碗だのは焼け出されたら、何の役にも立ちませんで。着物やったら、次の日からそれ着られますやんか」
ゆうて押しきったということです。一枚でも多く、自分のおべべを運び出したかったんやろねぇ。ところがじきに福井が大空襲やおへんか。着物は一切焼けてしまったというんどす。もちろん船場かて焼けましたわ。それよりも、あんなに大切にしてた着物すべて焼けてしもうて、そのご寮人さん、ちょっと気がふれたようになったとゆうことです。そうや、昔の女の着物を大切にする気持ちゆうたら、今のあんたはんらには想像も出来ませんやろな。

　昔、財産ゆうのはその家の長男が継ぐもんどした。女きょうだいなんかには指一本触れさせませんわ。そやけど親にしたら、大切な可愛い娘やおへんか。どうするかというと、花嫁になる時、道具や着物にして贈るんどすわ。

　つまりおべべや帯ゆうんは、女の財産やさかい、それがなくなるゆうことは、ほんまにショックなんどす。

　そういう女の人たちが、戦後もうえらい勢いで着物や帯を買わはりました。戦争でおちぶれた人も多かったと思いますが、その何倍もの人が、お金を手に入れて、

「何か欲しい、何か買いたい」

と言い出したんどす。京都は焼けんで、帯も着物も、ごっそり倉庫に残ってることがわかって、東京から業者さんが大挙して買いにくるようになりましたなァ。そやけど京都の人ゆうのは、初めての人など信用しません。ほんまはお金が欲しくても、

「そうどすかァ。そやかてうっとこもなァ。何にも残ってやしませんのや」

とのらりくらりとかわします。

そうは言うても、戦後の活況はこの街にも伝わってきますわなァ。今まで手に入らへんかった絹糸もどっと出てきて、帯屋はんたちはどこも織り子を大増員どすわ。すっかり焼け野原になった東京では、自分らで着るもんつくらなあかんと、洋裁学校がいっぱい出来たそうどす。化学繊維のメーカーさんらが、スフから始まってレーヨンやらアセテートを改良していっぱいつくらはったのもこの頃でしょうな。

そやけど京の室町や西陣は、もちろんそんな化学繊維には目もくれません。ウールでつくった着物かて、

「東京のお人は、けったいなもん考えますなァ」

というもんどすわ。なにしろ糸は手に入るようになったし、織り子たちも戦地から戻ってきた。そしてつくりさえすれば、帯かて着物かて、飛ぶように売れるんどすさ

かい、あの頃から室町や西陣のほんまにええ時代が始まるんでしょうなァ。

図案をつくる父もおお忙しですわ。お弟子さんは二十人以上になって、毎日たくさんの絵が仕上がってきます。あの大原（おおはら）の仕事場を今でも思い出しますわ。みんな自分の机の前に正座して、黙々と筆を動かしてるんどす。そして最後に、奥に座る父のところへ見せに行きます。ここで手を加えるんどすが、あれはもう神業（かみわざ）いってもいいのと違いますやろか。ほんの少し蜀江（しょっこう）文の八角形を変えただけで、花の色の取り合わせを変えただけで、中国の古い模様が急にモダンなものになるんどすわ。鏡水のつくる図案を、帯屋はんが奪い合いしたのは、古典のようでいて、ちゃんと時代の彩りを添えているからやと思いますわ。

そして一日の仕事が終わると、父は丁寧に絵筆を洗い、そして背広に着替えて夜の街に出かけていきます。当時祇園で遊ばはるお人の、三本の指に入ってたと言われてますわ。父以外には、あの有名なお寺の貫主（かんす）さま、そしてセメント会社の社長さんと言われておりました。

父はまず祇園でも一流のお茶屋「富美翁（とみおう）」さんに行って、そして気に入りの舞妓ちゃんや芸妓はんを呼んでもらうんどす。舞妓ちゃんの舞いを見て、

「豆鶴（まめづる）、お前、ほんまに上達したわ。こんなら都をどりでええ役つくんやないか」

と励ましたり、芸妓はんの三味線に合わせて長唄歌ったりしはります。ほんまにやさしい人どしたし、お金遣いも綺麗やったから、花街でも評判のいい人どした。舞妓ちゃんや芸妓はんたちは、いろんな人のご接待に、しょっちゅう大原に来てくれはりましたなァ。父が亡くなった時にも、お茶屋さんの女将さんはもちろん、たくさんのお姐さんらが来てくれはりましたなァ。今はどうや知りませんが、お葬式に花柳界の人がいっぱい来てくれはるかどうかいうのは、旦那衆の生前の秤みたいなもんどすなァ。そういう意味でも、父はほんまに立派な人どした。

そら、父は女の人のことで母を泣かしてました。祇園でも父と関係あったお人は、ひとりや二人ではありません。店を持たした人もいてました。そやけど父は、ようこう言っておりました。

「わしが遊ぶのは、女が好きやからやない。祇園の女子はんたちが着てるおべべは、帯屋の教科書や」

舞妓ちゃんらの身につけているものいうんは、みんな屋形の持ちものですわなァ。屋形ゆうんは、東京でいうと置屋さんでしょうか。お母はんと呼ばれる女主人がいて、舞妓ちゃんを仕込みさんの時から育てはるんどす。ここに代々伝わる簪やおべべ、帯の素晴らしいことといったらありません。よく「だらりの帯」といいますけど、屋形さんによっては、大正時代からの文化財級の帯もあるんどす。

うちの父はスケッチこそしませんどしたけどな、じーっとそういうもんを見て頭の中に叩き込んでたみたいですわ。

父が亡くなってから、年かさの芸妓はんがゆうてはりました。

「先生ゆうのは、酔うて楽しいお話してるかと思うと、急に怖い顔にならはるんですわ。いつでしたか、うちの舞妓ちゃんが、夏のことどしたさかい、絽の流水文の着物に、あやめを織り出した絽綴のだらりを締めてたら、先生、ちょっと後ろ向いてみいとしげしげご覧にならはって、昔のもんはよう出来てるなあ、このあやめの配置がなんともええなあ、とおっしゃってましたわ。やっぱりどんな時にも、お商売を忘れはらへんのやなあって、みんなで感心しましたえ」

娘としてはこんなことを想像するのは嫌なことどすけどなァ、父というんは、もちろん女子が好きでたまらん人どすけど、女の帯解く時、しゅるしゅるゆう音聞きながら、その感触を醒めた頭で確かめていたんと違いますやろか。どんな女の人かて、うちの父にとっては「帯を締める者」やったんやないでしょうか。女の人を抱くことによって、父は自分の創り出す帯というものの存在を考えてはったんやないか。うちはそう思います。

そやから父は、ほんまに入れ込んだ女子はんはいたはらへんのです。外の女に子どもつくらせても、時期になると綺麗に別れたはりましたなァ。母はともかく、父がほんまに魂（たましい）込めて愛し抜いてくれたのはこのうちだけやと、ほんまにそう思います。

短かい結婚生活の後、うちは実家に戻りました。今みたいに「バツイチ」と、明るく言えるような時代とまるで違います。「出戻り」と蔑（さげす）みの言葉で陰口叩かれるんどすわ。

うちは「せいせいしたわ」と、親にも自分にも言っておりましたが、やはり強がりに見えたんかもしれませんなァ。自分では変わったつもりはありませんが、

「さっちゃん、なんやあんたに声かけづらいなァ。笑ったとこ、このとこ見たことないで」

と母に言われていました。

そんな時、父と二人、花見をすることがありました。京都の人間は、それぞれ好みの桜ゆうもんがあって、うちの家はありきたりどすけど平安神宮の桜を見に行ってましたわ。

「ここの桜が、いちばん品がようてよろしい」

と父が言ったからどす。今のように観光客も多くありません。七分咲きの桜を眺め

て歩いてました。うちはたぶん格子のお召しを着てたと思いますわ。花の咲く時に、花の着物を着ないのは女のたしなみどすわ。本物の花と競うたかて仕方ありまへん。

「生きているうちには、いろんなことがあるもんやなァ」

　と父がぽつんと言います。

「あんたが生まれた時、わしがどんなに嬉しかったかわかるか。ちょうどなァ、商売もうまくいきかけてた時や。この女の子にはたんとお金かけて、お姫さんみたいに育てるんやと誓ったんや」

　本当にそのとおりでした。うちの水泳練習のために大原の邸につくられた二十五メートルのプール、そして踊りの温習会での衣裳の素晴らしさは、今でも語りぐさになっているほどです。

「あんたには、今まであまり言うてへんかったけど、わしは子どもん時、そりゃあ苦労したんや。いや、あまり人にも言うてへんかもしれんなァ。わしは一応は近藤準平の息子ということになってる。近藤準平といえば、西陣で少しは名の知れた商人や。だからわしの氏素性ははっきりしとる。だが、世間の見る目は違った。父なし子や。こんな話はおっかあにもせなんだが、お前だけにはゆうとくわ。わしが子どもん時、どんなにみじめでさみしい思いをしたか……。尋常小学校出るまで、学校は八回変わったわ。しょっちゅう転校ばっかりさせられたのはな、わしのめんどうをみる大人が、十三回替わったせいや。そりゃあ、近藤準平とゆうたらたいした商人やったから、金は持っとる。養育費ゆうことで、子どものわしには金がついとったんや。そやから、わしの里親になろうとして、大人たちがいろんな争いをしたんやろな。こんまい時は誘拐されかかったこともあるで。学校の帰り、見知らぬ男が無理やりわしを人力車に乗せようとしたから必死に逃げたんや。わしの額に、ほれ、傷が残っとるやろ。そん時こけて出来たもんや。そしてな、みんなわしの父親からぎょうさん金もろうてたはずやのに、子どものわしにおもちゃひとつ買うてくれたことはないわ。学校の帳面や鉛筆にも不自由してたんやで。けどわしは転校したどこの学校でも優等生やった。なにくそって頑張ったんや。こんな時、母親がいてくれたらなァとわしは思たで。あれは九歳の時やったろか。遠縁の婆さんと暮らした頃や。丸太町の橋の上行ってなァ、お母ちゃんのことばっかり考えてたわなァ。わしの母親ゆうのは、結婚したつもりが籍を入れてもらえなんだ、つまり知らんうちに妾にさせられてた。それでどうやって子どもが出来るかもわからんうちに、わしが生まれたから、そりゃもうびっくりしてな、名古屋に逃げた女や。その頃は再婚してたらしい。そんなこと知らんわしは、夕焼けの空眺めてなァ、お母ちゃん、どこにいてはるんやろ。いつ迎えに来てくれはるんやろって、そんなことばっか考えたわ。あそこは京大の学生がよう下宿してるとこやろ。明笛でなァ『荒城の月』を吹くねん。するともうたまらんわ。泣けて泣けてなァ、声を出して泣くねん。そやけどな、尋常小学校出る頃には性根も据わってきてな。ようしわかった、わしは父親に絶対負けんような男になったる、えらい西陣の男になったるって思ったんや。わしのことを『父なし子』言うて石ぶつけた者や、わしを『父なし子』にした父親を見返してやろうと思ってわしはずっと歯を喰いしばって仕事してきた。そやけど、お前が生まれた時にわしは変わったで。こんな大切なもんを手に入れたんは初めてや。この子がわしのことを誇りに思ってくれるような仕事をせなあかん。芸術といえるもんをつくらなあかん。そういう風にわしを変えてくれたんは祥子なんや。そやからな、お前が元気なくなってんのが、わしはいちばんつらいわ。ほんまや」

それほど多弁ではない父が、これだけ長いことうちに語ったのには理由がありま す。

知り合ったばかりのあんたはんにこんなこと言うのは何どすけど、あん時うち、子どもを堕ろしてるんどす。もう今日明日、離婚届出そうかゆう時に、あの男がうちに無理やりなァ……。あん時は目をつぶってましたわ。どうせこの男とは別れるんやから、最後の一回ぐらい我慢せなあかんと自分に言いきかせましたんや。そしたらなァ、その一回で子どもが出来たんやから、なんて因果なことやろ。離婚届出して三ヵ月たった頃ですわ。胸がむかむかして体がどうしようもないほどだるくなってきたんどす。お医者さんに診てもろうたら、妊娠四ヵ月言われて、ほんまにびっくりしましたわ。そん時、うちの祖母ゆう人も、こんな気持ちやったんやろうとわかりましたわ。ちっとも望んでいない、好きでもない男の子どもを孕んだ時は、女はほんまにびっくりするもんなんどすなァ。

うちの祖母は、子どもを産んだとたん、その子を捨てて逃げはった。そしてうちはびっくりして、堕ろすことを選んだんどすわ。母親だけに相談して、長者町の小さい病院連れてってもらいましたわ。花街の女の人がよく使うとこやと後で聞きましたから、たぶん父がめんどうをみてくれましたんやろ。

別れた男の子どもなんか絶対に産みとうないとずっと思ってたんどすけど、いざそういうことをするとほんまにつらいもんどす。いつまでたっても体調が元にもどらず、うちはずっと家から出ない生活が続きましたんや。それよりも気分がいっこうに晴れしまへん。そういううちが父はほんまに心配でたまらなかったんでしょうなァ。長い昔話をしたのも、うちを元気づけるために違いありません。

そしてやがて父はこう言い続けるようになったんどす。

「祥子、踊るんや。舞踊家になるんや」

そのためには、金をいくら遣っても構わんでと。

子ども堕ろしていちばんつらかった頃、よく見る夢がありました。それはうちが赤ん坊を抱いてるんどすけどなァ、よう見ると肌の黒い赤ん坊なんどす。うちが黒人との子どもを産んだんどすわ。

戦争が終ってアメリカ兵がやってきた頃どすわ。いろんな噂がありました。

「アメリカ兵が来たらな、女はみんな頭丸坊主にするか、山に逃げなあかん」

とよう言われてましたなァ。あの人らは、若い娘とみたら次々と手ごめにするというんですわ。そやけど、大原の邸にいる限りは、進駐軍を見ることもないて思ってました。そうしたらある日、突然ジープに乗ってあめりかさんがやってきました。

父が元総理大臣の秘書をやっていたということが知れたんどすわ。あめりかさんをその時初めて見ました。ひとりが金髪で青い目をしていて、

「えらい男前やな。映画スターみたいやわ」

と思うたのをちらっと憶えてます。戦争が始まる前は、ドイツやフランスの映画を

よく見てましたからなァ。

あめりかさんたちは、うち中の書類をひっくり返していきましたが、帯のことばっかりで何もあらしまへん。映画スターみたいなあめりかさんもすぐに帰っていきましたわ。

そやけど、

「松谷鏡水ゆうんは、東条の秘密をみんな握っている。戦争中に相当悪いことをして財産をつくった」

という投書をした人がおりましたんや。そうしたらまたGHQのあめりかさんがやってきました。驚いたのは、あめりかさんやのに日本人と同じ顔してるやおまへんか。二世さんどしたな。父の容疑はすぐに晴れましたが、このあめりかさんは毎日やってくるようになりました。そして来る時は、必ず花束やチョコレートを持ってくるんどすわ。もうチョコレートなど何年も食べたことないので、うちは大喜びどした。それにこのあめりかさんは日本語を上手に話しましたから、チョコを食べながらふんふんとそれを聞いておりました。ほんまに呑気なもんどしたわ。

そんなある日、あめりかさんが言うんですわ。ジープに一緒に乗ってドライブしないかと。それはとても気持ちのいい春の日で、うちはそれもええかなぁと思いました。そして気軽にシートに乗り込んだんどすわ。

「ヘイ、サチコ、レッツゴー」

あめりかさんが発進させようとした時でした。衝撃を感じてふり向きました。そこにすごい形相の父親がいるやおまへんか。必死でジープの後ろをつかみ、車を行かせまいとしてるんどす。

「お前、うちの娘に何してるんや！」

鬼のような形相というのは、ああいうことを言うんでしょうな。端正な父の顔が、怒りと恐怖のために、大きくゆがんで目が吊り上がってるんどす。

「お前、祥子に何してんのや」

あめりかさんが構わず発進させたので、十メートルほど父はずるずるとひきずられました。しかしそれでも手は離しません。あまりの気迫にあめりかさんはついにブレーキをかけ、その隙にうちはシートから脱け出しました。もしあのあめりかさんがほんまに悪い人やったら、あのままスピードをあげたでしょうな。けど父は決して手を離さなかったような気がしますわ。何キロも、ずるずるひきずられて死ぬようなことになっても、父は決して手を離さへんかったに決まってます。うちを守るために。

父親ゆうのは、自分の命を懸けても娘の純潔を守ろうとするもんどすわ。少なくともうちの娘時代まではそうどす。そやけど、うちは黒い肌の赤ん坊を産む夢ばっか見るんどす。あめりかさんに身を汚されることはなかったというのに不思議どすなぁ……。

そやけど、父の子どもはうちひとりやあらしません。二号さんの間に二人、三号さんとの間にも二人いましたんや。父は四人を可愛がってはおりましたが、とてもうちと比べることは出来しません。

「あいつらは外の子」

と言って、うちと区別しておりました。「父なし子」として大層つらいめに遭ってきた父が、外に子どもをつくり、しかも本家の子どもと差別するのはおかしなことどす。しかし、

「あいつらは母親がダメなんや。だからお前とは違う」

と冷たいことを言いましたが、その理由は後でわかることになります。三号さんは東京の奥さんて言われてました。下谷の芸者さんだった人どす。うちと一歳しか違いません。そら綺麗な人どしたわ。目が大きくていつも泣いているようにうるんどるんどすわ。体も細っこうてなよなよしてます。父はこういうタイプの女が大好きなんで

す。この三号さんのことはなぜか「こっかあ」と呼んでました。うちの母は「おっかあ」どす。「おっかあ」が小さくなって「こっかあ」ということでしょうが、母にとって気分がいいはずありません。そやけどうちの母は、ほんまにえらい人どしたわ。この〝こっかあ〟の上の子どもを、中学生の時からひき取ったんどす。

昔はお妾さんの子どもを育てる本妻さんもいたはったみたいどすけど、戦後からこっち、聞いたことありません。それでも母は、

「男の子やったら、いずれ松谷の家を守りたててくれるはずどす」

と、うちとわけへだてなく可愛がったんです。出来ひんことどす。

この男の子、うちよりずっと年下で、綺麗な顔をしてましたんやで。そらそうどすわ。父親はうちのお父ちゃん、母親は美人で有名な芸者さんどすさかい。そやけど頭が悪いゆうたら信じられんほどでした。入れてくれる高校、どこにもあらしまへん。その地区でいちばん頭の悪い子どもが集まると評判の、私立の高校でも駄目どすわ。試験の質問の意味さえ、ようわかってなかったと聞いてます。

そのうち父が、

「あの下の子どもは、わしの子どもと違うような気がするわ」

とんでもないことを言い出しました。その時は、

「何てこと言わはるの」

とたしなめたもんどすが、その後のことを考えるとほんまにそうかもしれませんなァ。このこっかあ、うちの店の者と出来てしまって逃げたんどすわ。その男と一緒に、東京の家の家財道具一式と、置いてあった帯、それを入れておいた簞笥、果ては父の背広までトラック二台で持っていきました。

上京してがらんとした家を見た父は、母に電話したそうどす。

「おっかあ、東京の家のもの、何もかも持っていかれた」

うちの母は、

「はあ、そうどすか。それはお困りですやろ。ほな、うちがそっちにまいりましょうな」

と平然と言ってのけ、たちまちのうちにすべて整えて元どおりにしたんどす。うちの父もえらいけど、母もまたえらい人どしたなァ。しみじみそう思いますわ。

五

その頃、若柳で知り合った清元寿美太夫さんが、

「本当に勉強しはるんやったら」

ということで、紹介してくれはり、藤間宗家に弟子入りすることになりました。藤間流ゆうんは、ご存知のとおり宗家と家元に分かれます。なんやら身内争いのようで、うちはどちらでもいいと思ったのですが、寿美太夫さんは、

「そら、今、勘十郎さんが勢いがあってよろしいなァ」

ということで宗家の家に連れていってくれはったんどす。麻布のおうちは焼けてたので、台東区の谷中清水町へ通うようになりました。苦労知らずのうちに、内弟子なんかよう出来しまへんが、通いということになってたのは、父の意向があったのと違いますやろか。

部屋に通されると、床の間を背にして男の人が座ってはります。随分なお年やなァと、ちょっとがっかりいたしました。そう大きな人やないけれど、背筋がすうっと伸び、粋がとおっていていかにも舞踊家という感じどす。

「あんた若柳やってたんだって」

「はい。六歳の時から二十年やってきました」

「その言い方じゃ、年がわかっちまうよ」

ご宗家は笑いました。笑うとふっと若やぐんですが、やはり相当お年を召していま

す。この時ご宗家はまだ五十代初めだったのですが、うちにはもっと年寄りに見えました。

「他の流派の人は、へんな癖をつけてることが多いんだけど、まあ、松谷さんのお嬢さんなら仕方ないよね」

ということで入門が決まりました。男のお弟子さんがお茶を運んできてくれて、それを飲んでいる時でした。襖が開いて女の人が入ってきました。

「とても寒かったんですよ」

いきなりその女の人は言いました。

「雪でも降ってきそうなくらい寒かったの」

そしてその女の人は、いきなりうちの手を握ったのです。

「ね、氷みたいに冷たくなってるでしょ」

首をかしげてこちらを見ます。うちはあまりのことに驚いて声も出ません。いきなり他人に手を握られるというのは、たとえ女の人でも初めてのことどす。そしてその女の人も、うちが初めて目にするような美しい人どした。中高の品のいい顔立ちで、大きな目が日本風美人から少しこの人を遠ざけていました。その替わり、

「華やかな人」

という表現がぴったりです。これがうちと紫先生との出会いでした。紫先生は、二十三歳年下の、ご宗家の奥さまなのです。

紫先生は、日本医科大学二代目学長の河野勝斎の長女です。大変なお嬢さまでいらっしゃいます。幼ない頃から踊り始め、七歳の時には天才少女と呼ばれていました。ひとつ下のうちにも記憶がございます。少女雑誌のグラビアにもよく載っていた紫先生が、ご宗家に入門したのが十二歳の時。そして二人は結婚することになるのです。河野勝斎が、ご宗家の大大後援者やったのがきっかけだというのです。ですからご宗家は、恩人のお嬢さまをいただいたことになります。そのせいか紫先生に気を遣ったはりました。

「ショールはちゃんとかぶっていたんだろうな。早く火鉢にあたりなさい」

二人は本当に仲のいいご夫婦にしか見えず、その記憶はずっと残っています。

藤間紫先生のこと、どこまでお話ししたらよろしいんやろ。

紫先生は今も女優として活躍したはります。このあいだも猿之助さん演出の「西太后」を新橋演舞場に見にいきました。

終演後楽屋におうかがいしたら、紫先生は近々猿之助さんと籍を入れはるとお聞きしました。八十近い女と結婚するのかと、また週刊誌は騒ぐでしょうが紫先生の美しさと若々しさを知ったら、誰でも納得するのと違いますやろか。

戦争が終わって五年後の春、紫先生と初めてお会いした時、世の中にこれほど美しい人がいるんかと思ってびっくりしたことを憶えております。

うちにも祇園でも折り紙つきの舞妓ちゃんやら芸妓はんがしょっちゅうやってきますが、あの頃の紫先生にはとてもかなわしません。整った目鼻立ちが華やかでにおいたつようでした。江戸の踊り手らしくおきゃんなところもありますが、しっとりした踊りにはなんともいえへん気品があります。少女の頃から日本舞踊を習い、親がお金にあかせて贅沢な舞台をつくってやる、というおいたちはうちとよく似ていたかもしれませんなァ。

そのためもあって、紫先生は最初からうちのことを、

「さっちゃん、さっちゃん」

と言って大層可愛がってくれはりました。先生はうちよりひとつ上の二十七歳。しかし箱入り娘のまま大人になったようなうちと違い、はるかに色香に溢れた大人の女性でした。この頃はもう辰巳柳太郎さんとのお芝居に出たはったと思います。映画やテレビで、お妾さんやバーのマダムといった役が多かったのは、やはりその色っぽさ

でしょう。

ぽんぽんと言いたい放題言ったかと思うと、その後やさしく微笑み、とても実(じつ)のあることをしてくれはるから、男も女も紫先生に夢中になるのです。一度会った人の心をとらえて離さない、というのがあたっているかもしれません。

ご宗家に入門してきた十二歳の猿之助さんが、紫先生をひと目見て、

「なんて綺麗な人だろう」

とその日から強く心に刻むようになった、というのは何かのインタビューで読みましたが、うちはようわかるような気がします。華やかさ、優美さ、可愛さという、女の人の魅力というのをみんなあの方は持ってはったのと違いますやろか。そう、奔放(ほんぽう)さゆうのも、確かに持ったはりましたなァ……。

紫先生は十二歳で藤間宗家に入門され、そのまま奥さまとならはったんどす。これについては諸説あって、少女の頃からすっかりご宗家の芸に憧れた紫先生が、

「どうしてもあの人と結婚したい」

と駄々をこね、ご宗家の大スポンサーであったお父さまが、その願いをかなえたことになっています。が、紫先生は、

「そんなの、嘘に決まっているじゃないの」

と笑ってうち消されました。

十二歳で入門し十八歳で内弟子になったものの、ご宗家という方は、お体も弱く、踊る以外には何も出来ひん方ですから、戦争中食料の買い出しに行ったり、配給の行列に並ぶのも紫先生でした。ある時町内の勤労奉仕があったのですが、ご宗家はどうしても行きたくないとおっしゃったそうです。戦争に行かへん男が家にいるのに、勤労奉仕にも参加しいひんと言うたら、大変なことになります。

「だから私は、頭巾をかぶり、さらしやらいろいろ巻いて国民服着て、男の格好して行きましたよ、ご宗家の代わりにね」

そうしているうちに、終戦の前の年、ご宗家から自分の妻になるようにと言われたというのです。ご宗家は二十三歳もお年が上ですし、花柳界の女性との間にお子さんもいたのですから、紫先生のお気持ちはどうやったのでしょうか。

芸の上では尊敬出来たとしても、男としてはどうやったんでしょうなァ。

うちが猿之助さんとお会いした頃、あのお人は慶応の学生さんどした。学生服を着たはってお稽古場にいらしたのを憶えてますわ。名門に生まれはっても、早々とお祖父さんとお父さんが亡くならはって、そら気の毒どした。歌舞伎の世界というのは意地悪いとこあって、後楯なくした梨園の子どもはそらみじめなもんどすわ。ええ役かてきいひんし、だいいち芸を教えてくれはる人がおりません。そやけど猿之助さんはえらかったんどすなぁ、そのことをバネにして、新しい歌舞伎をつくらはったんどす。猿之助歌舞伎は、えらいブームを巻き起こしました。あれかて紫先生あってのことやというのは、誰でも知ったはります。

猿之助劇団の若い役者さんらを、そら親身になってめんどうみてはりました。猿之助劇団のプロデューサー、マネージャーとして、お金のことはみんな紫先生がお一人で苦労してたのをうちは知ってます。

猿之助さんはずっと前から、籍を入れるおつもりやったんでしょうが、紫先生がずっと断わってはったんでしょうなァ。

なんでかって。そら、猿之助さんの前の奥さん、浜木綿子（はまゆうこ）さんのことを思えば、申しわけのうて籍なんか入れられへんかったのと違いますか。紫先生はそういうお方どす。

あんたら若いお人は知らへんと思いますが、猿之助さんと浜木綿子さんの結婚ゆうたら、えらいニュースどしたわ。浜木綿子さんゆうお人は、元宝塚の娘役トップスターで、退団しはってからは舞台女優でえらい人気どした。菊田一夫（きくたかずお）さんにも可愛がられて「風と共に去りぬ」みたいな大きな舞台にも立ってはります。ほんまに綺麗な、ダリアみたいなお人どした。いろんな人がいろんなことを言いますが、猿之助さんは、あの時は浜木綿子さんに本気やったと思います。二人でええ家庭をつくろうとしたはずどす。自分でもそれが出来ると信じてましたのに、ある日心が勝手に動いたんでっしゃろなァ。紫先生のことをどうしても諦め切れへん自分に気づかはったんどすわ。

そら、紫先生は拒むことが出来たはずどす。ご宗家というお方がいたはりますし、紫先生は猿之助さんより十六歳も年が上どす。

「私なんか忘れて、新しい人生を歩みなさい」

と、つっぱねるんが大人の分別というもんでしょうな。そやけど紫先生は、大人の分別なんていうもんよりも、自分の気持ちの方をとったんですわ。仕方ありませんなア……。

そして浜さんと別れはった猿之助さんと、夫婦同然の暮らしをしたはりましたのに、降ってわいたようなあの裁判どす。

今から十三年前の昭和六十年、八十四歳になったご宗家が、いきなり六十二歳になった紫先生を訴えはったからですわ。

このあたりのことは、うちも週刊誌やテレビで知っている程度ですけど、ご宗家が三十五年間の不倫の慰謝料として、三億五千万払えというんどすから、世間の人はそら驚きますわなァ。そのうえ相手の男性として、猿之助さんの他に辰巳柳太郎さんの名前も出て、長男の文彦（ふみひこ）さんは柳太郎さんとの子だと言うのです。

うちがご宗家に通っていた頃、文彦さんはお姉さんの高子（こうこ）さんと熱海（あたみ）で暮らしてはおりました。紫先生があまりにも忙しかったので、ご自分のお母さんのところへ預けられていたんどす。

ご宗家の子どもということで、まわりがちやほやしてしまうというのもその理由どした。

うちが知っている限り、紫先生はええお母さんどしたなァ。新幹線が通っていない時代に、毎週末、お子さんのところへ行ってはったんです。おいしいお菓子や文房具をたくさんお土産に持っていらしたのを知ってます。昭和二十五、六年といえば、まだものの不自由な頃でした。そやけどご宗家のところには、いろんなものが集まっていましたんや。地方のお弟子さんが持ってきてくれるんどす。

そういうものをボストンバッグに詰めて、嬉しそうに東京駅に向かっていかはった紫先生のこと、よう憶えてますで。

えっ、文彦さんというのは、本当に辰巳柳太郎さんの子どもかどうか、ということどすか。さぁ、うちにはわかりませんなァ。今やったら、ＤＮＡ鑑定ゆうのをやるかもしれませんが、あの頃はそんな時代やありませんでした。

うちは京都という古い街で、臆病に育っております。親の決めた男と結婚し、それが破れて東京に出てきても、自由に羽を伸ばす、などということは考えもつきません。もし何かあったら、

「松谷の出戻りの娘が……」

などと言われ、父の名前に傷がつくことをとても怖れておりました。それにひきかえ、紫先生ののびのびとしていることといったらどうでしたでしょう。ご宗家夫人、人妻ということなど、気にしているように見えへんのです。

世間ではその頃、日大職員ギャング事件があって「アプレゲール」という言葉が流行っていました。戦後の全く新しい世代という意味でしたやろか。

そやけど紫先生は、そんな言葉とは関係なく、本当に新しい颯爽とした女性でした。若いうちはほんまに紫先生に憧れ、姉のように慕うようになったのです。

今でもあの頃の東京を懐かしく思い出します。まだ戦争の傷跡はあちこちに残っていて、角ごとに傷痍軍人さんが立っていました。

戦前、うちは買物のためによく来ておりましたが、うちの知っている東京はもうどこにもありません。かろうじて銀座四丁目の服部（はっとり）時計店や教文館のビルが残っているぐらいです。そやけどバラックの店がおそろしい早さでちゃんとしたビルになり、その間をオート三輪が駆けぬけるさまはなんとも胸が躍る光景どした。新しい時代が来た、と実感出来るんどす。この感慨は、古い街がそのまま残る京都では得られんものでした。笠置（かさぎ）シズ子の「買物ブギ」が、この風景にほんまによう似合いました。そうや、美空（みそら）ひばりがデビューしたのもこの頃どしたなァ。歌がうまい、いやにこまっしゃくれた女の子ゆうのが、世間の評判やなかったでしょうか。

うちは毎日いきいきと谷中清水町のお稽古場に通っておりました。まだ西麻布のお稽古場が出来る前のことどす。ご宗家の指導はとても厳しく、若柳流のくせをとことん直されました。

歌舞伎の舞踊劇の振付をする藤間は、おおらかな動きが特徴どす。品のよい手ぶりが多い若柳とはかなり違うんどす。

ご存知かと思いますが、藤間流は、勘十郎派と勘右衛門（かんえもん）派に分かれております。勘右衛門派は、歌舞伎役者の尾上松緑（おのえしょうろく）さんが家元の流派どすな。勘十郎派の方は、勘右衛門派に比べると門弟も少なく、地味な流派と言われておりましたが、それを変えたのが六世のご宗家でいらっしゃいます。紫先生のご主人どすな。

ご宗家の時代に、歌舞伎の振付を一手に担うようになったんどすから、その権威と収入ゆうもんははね上がったのと違いますやろか。

そのきっかけとなったとゆうんが、あの六代目菊五郎といわれてます。いくらお若いあんたはんでも、この名優の名前ぐらい知ってますやろ。あんたはんらに大人気の、中村勘九郎さんのお祖父さんどすわ。ご宗家はこの方のおかげで、歌舞伎の振付が出来るようになったんどす。なんでご宗家と六代目さんが結びついたかというと、紫先生のお父さんどすわ。河野勝斎さんが六代目さんの主治医という関係で、ご宗家は歌舞伎での地位を得たんどす。うちがお稽古に通っていた頃、ご宗家はまさに黄金期を迎えてましたなァ。五十代に入られたご宗家はまさに男盛りで、活力に充ちてはりましたわ。その勢いでうちにもずけずけ言われます。

「祥子さんなあ、そのままじゃいつまでたってもお嬢さん芸止まりだ。お嬢さんにお教えするほど、こっちとら暇じゃねぇや」

振付をちゃんと憶えてこなかったりすると、怒声がとびました。そんな時、うちを慰めてくれるのが紫先生でした。

「ご宗家は、とても人間業とは思えないぐらい振付憶えるのが早いのよ。だから自分が一度教えたら、必ず相手は憶えると信じてるんだから」

くすっと笑われました。

「それに〝お嬢さん芸〟が悪いわけじゃない。それだけで食べてく舞踊家には、さっちゃんみたいに金持ちの娘か、花柳界の人にしかなれるはずがないじゃないの」

それはそのとおりどす。日本舞踊の発表会にかかるお金のすごさゆうのは、やった人やないとわからないと思います。芸者さんでも、舞踊家と呼ばれるようになるまでには大変なお金を遣いますが、これは大金持ちの旦那さんがついていないとまず無理でしょう。それなのにうちの父は、こう高らかに宣言したんどす。

「よおし、いっちょ気張って祥子のために、日本一の発表会したろやないか」

これにはうちも三号さんも大層驚きました。三号さんというのは、東京での父の妾です。下谷の芸者をしていた人で、色気たっぷりの美人でした。うちとひとつしか違いません。まだあの人も生きてはるかもしれないので、仮に陽子としておきましょう。東京へ出てきて、うちは陽子の家に住んでいたのでした。焼け残った小さな二階屋どした。

陽子の家といっても、買い与えたのは父どすさかい、つまり妾宅に娘のうちが住んでいるわけどす。上京する際、住むところを必死で探したんですが、当時の東京は大変な住宅難どす。疎開していた人たちが帰ろうにも住む家がなく、東京に来るにはいろいろ条件があった頃です。東京育ちの彼女に頼らなくては、うちは東京で暮らせへんかったわけなんですわ。

娘とその父親の妾ということになりますが、同じような年の女が二人住んでいれば自然と仲ようなりますなァ。陽子は勝気でほがらかで、いかにも東京の女という感じどした。子どもの時からいろいろ苦労している分話も面白く、全くの世間知らずのうちにとって、初めて会う種類の女どしたわ。

父は月に一度か二度、東京にやってきますが、さすがに娘のいる家には泊まることはなく、陽子の方を常宿に連れ出していたんどす。うちの発表会のことを言い出したんは、この四谷の常宿で、三人ですき焼きをつついていた時と違いますやろか。この旅館では、終戦直後から、お金さえ出せば白米や上等な牛肉を用意してくれたんどす。

「そや、そや、祥子の発表会や。東京の者がびっくりするくらい豪勢な会にしようやないか」

うちも戦争前は、それはそれは贅沢な仕度をしてもらい、温習会に出たものどす。そやけど個人での発表会はやったことがなく、時代も違います。新橋のガード下では、まだ客をひく女も、浮浪児もいるんどすから。

「なア、新橋演舞場を使わせてもらえんやろか」

なんというとんでもないことを言うのだろうかと、うちは父を見つめました。東(あずま)をどりで有名な新橋演舞場は、松竹(しょうちく)が興行を受け持つ由緒(ゆいしょ)正しい劇場どす。空襲で焼けた後再建され、二年前に開場したばかりなんです。そこで父はうち一人のリサイタルをしようというのです。

うちはまず紫先生に相談いたしました。そうしますと、

「今どきこんなにいい話はないわ。藤間流のためにもパーッとやって頂戴よ」

とカラカラ笑われました。藤間に入門して三年あまりのうちが一人のリサイタルをすることにしても、

「さっちゃんは、ずっと若柳やってきた人だから大丈夫よ」

と頓着ありません。そうしてご宗家と紫先生とご相談しているうち、

「さっちゃんは京都の人なんだから、やっぱり井上八千代(いのうえやちよ)さんに出てもらった方がいい」

ということになり、

「そうしたら、吾妻徳穂(あづまとくほ)さんにも……」

と話はどんどん大きくなっていきました。

今思いますとおうちもお稽古場も焼け、ご宗家も紫先生も戦争中はたんとご苦労されました。そこへ京都から大金持ちの娘がやってきて、親はいくら金がかかってもよいと言ってるんどす。

これは藤間流隆盛のため、ひいては舞踊界全体のためにも、どーんと花火を打ち上げようということになったのやと思います。

そして昭和二十八年、十二月三日新橋演舞場でのうちのリサイタルが決まったんどす。どうして十二月三日になったかというと、

「その日は祥子の誕生日やないか。その日にしい」

と父が言ったからどす。

「その日、新しい松谷祥子が生まれるんや。わかったな」

この言葉に涙が出るほど嬉しかったのを憶えております。

当時はまだ世の中が貧しく、娯楽も数少ないものでした。そんな時に「第一回祥の会　藤間藤祥新作舞踊発表会」が開かれたんどす。

ここにプログラムがあるんで、ようご覧になってください。なんと美しい表紙でしょうなア。これはうちの父が京都で刷らせた木版画どす。一枚いくらゆうぐらいの値

打ちがあるもんどす。この紅葉の色と背景の青とゆうたら……。有名な画家に描いてもらいました。それまでガリ版刷りのざら紙しか見ていなかった観客は、ほうっとため息をついたもんどすわなァ。日本橋の髙島屋さんが広告出してくれはりましたが、これは箔を付けるためどす。いくらもいただいていないはずどす。

今このプログラムを見ていると、ほんまにえらいことをしたなあと、背筋が寒くなるような思いになります。

まず第一部は「種蒔三番叟」というめでたいもので始めましたが、ご宗家とうちとで踊りました。

そして次は「京鹿子娘道成寺」で吾妻徳穂さんが素踊りで演ってくださいました。そして井上流の井上佐多さんが三趣を踊ってくださって、特別出演ということで、先代の中村吉右衛門さんが唄を担当してくださったんどす。

そのあと「お夏狂乱」を紫先生、井上八千代先生が地唄「邯鄲」を、「四季の想ひ」で、うちと宗匠の藤間大助先生、最後の「紅葉狩」では平維茂を紫先生、鬼女をうちが踊ります。

第二部も七演目あって、清元「柏の若葉」をご宗家がおさめてくれはりました。

ちょっと踊りを齧ったり、歌舞伎をやるお人なら、このリサイタルがどのくらいすごいかおわかりになるはずどす。唄も三味線も笛も、人間国宝級の人たちがずらっと並びました。

床山（とこやま）さんや衣装の方々も、

「このところ、こんな豪勢な会は見たことも聞いたこともないですよ」

と興奮していたもんどす。

パンフレットにご宗家と紫先生は、連名でお言葉をくださいました。その前のページに洋装のうちがにっこりと微笑んでいる写真があります。特別のカメラマン頼んで写して貰（もろ）うたんどすわ。

「十二月　三日は
藤間藤祥の誕生日である
そしてまた
十二月三日は
藤間舞踊と藤祥の
結婚披露会でもある
祝　詞　祝　詞
祝　盃　祝　盃

そして
賞め言葉で一ぱいであるが
それは
今日の出来栄えの為めではなく　そうなってほしいと言ふ将来への希望の言葉である
父の恩愛の杖　母の慈愛のあとぐくりで
宗家をたよりに旅に出る　若い芸巡礼の女に　幸福があってほしいと祈る
東が　白んで来た
夜あけも近いらしい」
ご想像のとおり、これは父が書いてくれたもんどす。あれから半世紀が流れたとゆうのに、これを読むたびに涙が出てきます。
なんという大きな力で、父はうちを守ってくれようとしたんでしょうか。うちがもう一度幸福になるためなら、莫大な出費も何ほどのものがあろうかと、父は考えてくれたに違いありません。ほんまに、ほんまに有難いことどす。
うちのリサイタルに、空おそろしいほどのお金がかかったと聞いておりましたが、費（ついえ）から切符代を引いた金額が、四百五十万円と聞いた時は、それこそ腰が抜けそうになりましたわ。

今かて四百五十万円ゆうたら大金どすが、昭和二十八年の四百五十万ゆうたら、それこそ億の単位になるはずどす。確か大卒銀行員の初任給が六千円ぐらいどすわ。ラーメンは三十円で食べられました。それやのに四百五十万という金を遣うたんどす。いや赤字が四百五十万円どすから、総額ではいくらになるかわかりません。

うちも驚きましたが、もっと衝撃を受けた人がいましたわ。父の三号の陽子どす。

「こんな話、聞いたことないッ」

金切り声をあげたんどす。父の陽子への月々のお手当が、いったいいくらやったかわかりませんが、父はしみったれたことが大嫌いな人どす。そやから相当のことをして貰うていたのに決まっていますわ。それやのに、

「さっちゃん、あんた藤間流に騙（だま）されてるんじゃないの。たかだか一回のリサイタルに、こんなにお金がかかるなんて、聞いたことないわよ。そうよ、そうに決まってるわ」

などと聞きづらいことをわめき出したんどすわ。

その時意外なのが父でした。

「お前は妾で、祥はわしの大切なひとり娘や。比べられるわけないやろ」

ぐらいは言ってくれると思っていたのですが、陽子の機嫌をとろうとおろおろし始めるのでした。

「そやかて、こんだけえらい方々に客演して貰うたら、お金に羽ついて飛んでいくのはあたり前やがな」

「だけど私なんか、なにもいいことがないじゃないの。先生に言われたとおりに芸者もやめたっていうのに、ずうっと女中代わりにこき使われて」

とうちとの同居を愚痴るのでした。この女は後に他の男と一緒に逃げる際、トラックに家財道具をすべて積んでいったんです。父はほんまに、女を見る目がありませんどしたなァ。

陽子は、いずれは松谷の財産を分けて貰えると思ってたはずどす。だから松谷の財産がうちのために遣われると、自分の取り分が減っていくと考えていったようどす。

リサイタルが終わった後、しきりに、

「もうさっちゃん、踊りやめたらどうなの」

と口にするようになりました。

「そんなん、余計なお世話やわ。うちのお父ちゃんのお金遣うてんのに、あんたに何の関係もあらへんわ」

と言い返せないのがうちの弱いところどすわ。何と言うたらええんでしょうか。陽子と一緒に暮らすうちに、うちの中に奇妙なひけ目みたいなもんが生まれてきたんどすわ。

陽子は貧しい生まれで、十四だか十五だかで下谷の置屋に売りとばされたと聞きました。旦那は二人替わって、父で三人目とゆうことどした。同じ年頃の女やというのに、こちらは子どもん時からつらいめにおうて、今は自分の父親みたいな男の妾をしている。

それにひきかえ、うちは子どもの頃から信じられんような贅沢させて貰って、戦争中も食べるもんには困りませんどした。そして結婚に破れたからというて、父親は慰めるために、巨万のお金を遣うてくれたんどすわ。

一方で男の慰みものになってる女がいて、その男の娘がうちなんどす。知らず知らずのうちに、うちは陽子にひけ目を感じるようになったんでしょうなァ。うちいうのは三十近いというのに、ほんまにうぶな世間知らずどしたなァ。

えっ、何てお言いやしたん。娘と同じ年頃の女を囲ってる父親に、嫌悪感を持ったことがないかってお聞きやすの。そんなもんありませんわ。

うちの父ぐらい、お金と力を持ってたら、女の人は自然と寄ってきますわ。それはもう仕方ないことと違いますやろか。男の人ってそういうもんでっしゃろ。

六

よくこんなメンコが残ってたもんやなあ。ミットを持って、「さあ、来い」とにっこり笑っているのは確かにわしや。こんなもんをいったいどうしたんや……。

そうか、あんたのお父ちゃんが持ってたんか。有難いことや。戦争が終わってすぐの頃やなあ、まあ、長嶋（ながしま）や王（おう）とまでは言わんが、わしの人気もたいしたものやったんや。ベストナインにも選ばれてた。「少年画報」や「野球少年」のグラビアやニュース映画、ブロマイド、メンコにもひっぱりだこやった。あんたみたいな若い人にはわからんやろうけど、あの頃の子どもの遊びといえば野球や。サッカーやない。子どもたちの憧れの的といえば野球選手や。

わしは捕手やったが、打者としても三割いってたで。捕手で五番打者なんか、わしが初めてやったから、まあえらい人気やったわ。

そやそや、「ダイナマイト打線」や。この言葉が出てきたのは、昭和二十一、二年のことやったろうかな。
一番が呉、二番が金田、三番が別当、四番が藤村、五番がわし、六番が後藤、七番が本堂や。わしの名を知らんでも別当や藤村富美男の名前ぐらいは、いくら若いあんたでも知ってるやろ。

いやあ、よく打った、打った。阪神タイガースの黄金時代や。わしは米子の出身やけどあの頃から関西弁が身についてしまったんや。いつも大阪の人間の応援や野次を受けてたせいやろなァ……。大阪人として生きなあかんと決意してたからや。

そうや、わしは鳥取県の米子の出身や。子どもの時から野球が好きで、米子中学へ入り、その後は、主将として甲子園まで行ったんや。捕手で四番打者やった。ベスト8まで行ったから、あん時は鳥取中がえらい騒ぎやったで。昭和十四年のことや。

中学といっても、あんたら若い人が通う新しい中学やないで。旧制中学ゆうたら、今の高校と同じや。五年間通う。わしは大正十年の生まれやが、あの頃田舎で、中学まで行く者なんてほんのわずかやったで。うちは別段裕福でもない農家やったが、土地を持っていたし、親が教育に熱心やった。そして小学校の先生が、
「この子をぜひ、野球の名門、米子中学に入れてほしい」
と親に頼んでくれたおかげや。

わしは見てのとおり、小男や。百六十三センチしかあらへん。そやけど捕手やったら、背が高い必要はないしな。それにわしはバット持ったら、誰にも負けん自信があった。肩が子どもの頃から強くて、力の限りぶるんと振れば、ホームランはしょっちゅうや。そやけど米子中学行ってから、かなりフォームを直されたで。そのおかげでプロになれたと思うとる。

そしてな、昭和十五年に当時の大阪タイガースに入団するんや。そんな驚くことはない。巨人もタイガースも、ちゃんと戦争前からあったで。あの頃はプロ野球とは言わずに、職業野球とゆうてた。そや、そや、日本職業野球連盟を戦争中に日本野球連盟と変えたんや。九つの球団があって、ほかに、阪急、セネタース、南海、名古屋、金鯱（きんこ）、ライオン、イーグルスっていう名前や。入場料は三ゲームで一円二十銭。確か軍人はタダやったはずやで。

藤村富美男の弟、隆男（たかお）なんかと一緒だった。仲間はみんなで五人や。入ってまずしたことは、球団の職員と橿原神宮（かしはらじんぐう）に参拝し、日本の武運を祈ることやったから、本当に時代やなあ。

その年には、マネージャーなんていうカタカナは禁止になってなァ、秘書に変えられたんや。タイガースは阪神、イーグルスは黒鷲（くろわし）、セネタースは翼（つばさ）と言わなァあかんかった。ほんまに嫌な時代やったなァ……。

そうや、これはあんたに見せようと思ってな。昭和十七年の登録メンバーを調べて書いてもらったんや。わしは今でも阪神の事務所に多少顔がきくんで、パソコンで調べてもらったんや。

上田正、金田正泰、田中義雄ときて、四番めにわしの名がある。打率が〇・二四九とあるからなかなかのもんや。この年はミッドウェー海戦に敗れた年やけど、まだ野球はやってたで。ほんまに中止になったのは昭和十九年のことや。わしも出征ということになったが、誰かが手をまわしてくれたのか、九州や四国で松の根っ子を掘っているうちに終戦になった。藤村富美男や金田正泰なんかは、阪神電鉄車輌部で、車輌の輪っぱを削ってたっちゅう話や。

そやけど悲惨なのは、プロ野球行かんかった昔の仲間や、米子中学で一緒やった野球部のメンバーの多くが戦死をした。

昭和十四年の夏、甲子園でベスト8になった時の二塁手でトップバッター、湯本芳三はフィリピンで死んどるわ。九人のうち三人死んどるわ。わしはあいつらのことを考えると、今もなあ、何とも言えん気持ちになる。まだ二十二か二十三やったはずや……。あんたは……二十六か。まだ五十年、六十年は生きるわなァ。ほんまに戦争ゆうのはむごいもんや。あの頃わしらは、二十一、二で死ぬのがあたり前やと思ってた。わしもなあ、松の根っ子を掘りながら、どうして前線行かしてくれないんや、南方行く船でも、大陸行く船でもいい、どうして自分を乗せてくれないんやろと恨んだもんや。そのくせこのまま助かるんやないやろか、と心の底では思うてたんや。なんて言うんやろか、戦争前から野球やってた男はみんなそうや。グラウンドに立っている時には、ふと、

「わし、こんなことしてていいんやろか。わし一人だけがこんなことしてほんまにいいんやろか」

と空恐しい気分になるんと違うやろか。

そこへいくと戦後にプロ野球入りした長嶋なんかまるで違うな。あの明るさは、到底わしらが持てんもんや。だからあんな風な大スターになったんやろうなあ……。

そしてな、戦争が終わった、あの八月十五日からたった三ヵ月後の十一月二十三日、わしらは神宮(じんぐう)球場に集まったんや。

生き残って集まった野球選手は二十四人や。阪神からはわしの他に、藤村富美男、本堂保次(やすじ)、呉昌征(しょうせい)が出場した。呉ゆうのは台湾(たいわん)出身や。まだチーム別に戦えるほど選

手はいなかったからな。鶴岡一人に、大下弘、千葉茂、藤本英雄が西軍、東軍に分かれて戦ったんや。この名前を帰ったらお父ちゃんに伝えてほしいな。この後に赤バット、青バットで日本中を熱狂させた名前や。

そうや、そしてな、わしの野球人生がまた始まったんや。有難いことや。戦争で死ぬこともなく、手足をもぎ取られることもなかった。食べるもんがなくて、たえず腹を空かしてたけどな、あん時のわしらは幸せやったわ。幸せ過ぎていっとき死んだ連中のことも忘れたかもしれん。わしら、好きで好きでたまらんかった野球を、もう一回やることが出来たんや。よう晴れた日やったわ。東京はあたり一面焼け野原やから、陽を遮るものなんか何もない。陽ざしも風もまっすぐにさし込んできてな、わしは嬉しかったで。他の選手も同じやったろう。もうあの時のメンバーもあらかたいなくなってしもうた。そしてわしも七十過ぎてこんなぽんこつや。そやけどな、あの青い空の下でボール投げたり打ったりしたことは、決して忘れないはずや。そしてな、死ぬ時、みんなあのまっ青な空のこと思い出すにきまっとる。

そう、いろんなことがあったわ。若いあんたにどこまで話したらわかってもらえるんやろか。

わしは酒もやらん。女もそう好きではない。所詮は米子の田舎者や。いたって生真面目な融通のきかん男やったけどな、カッとなったらもう駄目や。気がついたら、マウンド上でやる気のないピッチャーを殴ってぼこぼこにしたこともあったな。相手のピッチャーを野次って、それで観客を巻き込む大乱闘になったこともあるんや。

ストライクをボールと審判に言われて、その球を思いきりバックネットにぶち当てることもしょっちゅうや。「やんちゃ坊主」というのがわしのあだ名やったなァ。

そやけどわしは阪神が好きやった。阪神ゆうのは、昭和十年、巨人軍が、

「このままだと戦う相手がいない」

ゆうことで、読売新聞の正力松太郎の肝入りでつくられた球団や。言ってみれば巨人の〝嚙ませ犬〟や。だからこそ判官びいきの日本人にこんなに人気があるんや。特に大阪の人間やったら、オギャーッと生まれた時から、阪神ファンになるようになってる。

わしはその阪神を「裏切った」男になった。昭和二十四年のことや。ロッテの前身、毎日オリオンズが阪神の主力選手六人を引き抜いたんや。監督と選手を兼ねていた若林忠志、別当薫、呉昌征、本堂保次、大館勲、そしてわしや。金がからんでるんやろう、二リーグ制になった時、阪神が毎日に意地の悪いことをしたから、その仕返

しやろうと、世間はいろいろなことを言いよった。が、事実は違うんや。戦争で経営困難に陥った阪神電鉄やから、その球団のわしらの給料は最低やった。若林はそれに怒ったが、わしはそうやない。

あの年、阪神はなかなかわしのところへ契約に来なかった。十年もやってる選手のところへ、何の連絡もしてこんっていうことがあるやろか。やっと電話が来たのが、暮れの三十日や。あと二日で新しい年がきてしまう。こんな時に契約しようとは、あまりにもわしを馬鹿にした話やないか、とわしはカッとなったわけや。そして前から誘いがあった毎日オリオンズに移った。そやけどこれが大変なことになった。毎日は初めての年にパ・リーグで優勝したものの、主力選手がごっそり抜けた阪神は四位や。

あの頃わしがグラウンドに立つとな、それこそ罵詈雑言（ばりぞうごん）の嵐や。わしへの野次で客席がむんむんと鳴った。本当や。

「新垣の馬鹿野郎、死んでしまえ」

「金の亡者（もうじゃ）」

毎日毎日それは続いた。祥子と知り合ったのはそんな頃や。

祥子の豪勢な発表会の話は、もう聞いてるやろ。新橋演舞場で一流どこを揃(そろ)えて、赤字が四百五十万円ゆうから、もう腰が抜けるような話やないか。

　これで祥子は、あの三号にねちねちと言われたらしい。あんたは信じられんやろうが、あの頃祥子は、東京の三号の家に一緒に住んでたんや。いくら住宅事情が悪い頃やと言うてもびっくりするような話やないか。

　六本木(ろっぽんぎ)トンネルの上に、ハリウッド化粧品の会社があるやろ、あの近くの一軒家に三号と祥子、そして手伝いの中年の女と三人で暮らしてた。

　大原の家で、初めて会(お)うた時から、わしは祥子のことが忘れられなくなった。そして東京にも通うようになったんや。あの頃の祥子は、若い分今よりも頬がふっくらとしていて可愛い顔やった。それに贅沢(ぜいたく)に育てられた娘特有の権高(けんだか)さがあって、田舎者のわしは、それにも惹かれたんやと思うわ。

　もうこの年になって、体もようきかんようになったから言うが、男とゆうのは女に血迷う時が一生に一度は必ずある。わしにとってそれが祥子やったんや。

　わしは三十歳やったが、仲間から馬鹿にされるほど、女に関してはもの堅い男やった。当時のプロ野球選手が、どんだけ無軌道に遊んでたか、もう一冊の本が書けるぐらいや。青田昇(あおたのぼる)、大下弘、藤村富美男たちときたら、それこそやりたい放題やった。

女と寝ていた床から、二日酔いでふらふらしながらそのままやってくるような連中だ。

そんな彼らにわしは、

「ニイやんは遊ばんかわりに、グラウンドでケンカばかりしよる」

とよくからかわれたもんや。

だがな、わしはあん時、祥子にカーッと血が上ってしもうた。わしには女房も子どももいるというのにや。

そうや、わしは戦前十九歳の時に、阪神の球団に勤めている女と世帯を持って、子どもが男の子二人と女の子がいたんや。だからわしは最初、祥子のことを諦めようと思った。だから祥子と会う時も、必ず毎日オリオンズの仲のいいピッチャーを連れていったんや。

そもそもこのピッチャーが、わしを大原へ連れていってくれたんや。

三号の話は聞いとるやろ。最初のうちは、祥子とまるで姉妹のようにしてたんや。そやけどな、あの発表会の頃から、あの三号は本性を現し始めたんやろうな。このままやと松谷の身代を、ひとり娘が喰いつぶして、自分や子どもの取り分がなくなってしまうと思ったらしい。そらな、下谷（したや）の芸者やった女や、ひと筋縄ではいかんやろう。

下谷の芸者なんて、一流どこの新橋や柳橋と違って、大半は枕芸者みたいなもんや。あの三号にしても、子どもの時分に売られてきた女や。金への執着が半端やない。ねちねちと祥子をいじめ出した。祥子の前で父親とべたべたしたり、そうかと思えば、あれこれ嫌味を口にするから、お嬢さま育ちの祥子にはたまったもんやなかったろう。

が、あの女の腹黒いところは、祥子に男をあてがおうとしたことや。つまり祥子が男に惚れて再婚ということにでもなったら、もう踊りはやめる、と思ったに違いない。

それで三号はわしに持ちかけてきたんや。

「祥子さんとあの人、とてもお似合いだと思わない、新垣さん、いろいろ協力して頂戴」

わしは三号の悪巧みに手を貸すことにした。ピッチャーはな、なかなかいい男のうえに独身やった。この男と一緒にさせれば、わしは祥子のことを諦められるかもしれんと考えたんや。

そしてしょっちゅう三人で会うようになった。男の声だとまずいので、三号がいつも稽古場に電話をかけて、祥子を呼び出した。そして銀座で、わしと祥子、そしてそのピッチャーで会うんや。もう喫茶店でコーヒーを飲める時代になってた。

あの頃の祥子を、ひと目あんたに見せたかった。お稽古の帰りゆうんで着物の時が多かった。初夏の頃で単衣（ひとえ）や薄物を着てるんやが、美人のうえに踊りをやっているから身のこなしが違う。着てるもんもたいしたもんや。いつやったか浅葱（あさぎ）の絽（ろ）に、紗（しゃ）献上を締めてたら、すれ違う人が振り返ったわ。サングラスかけてたアメリカ人も、オー、ビューティフルゆうてたなァ。わしはちょっと得意な気分になった。とゆうのはその前の年、大リーグ選抜チームと親善試合が行なわれたんやが、ジョー・ディマジオにぐうの音も出なかったからな。

着物もよかったが、わしは洋服姿も好きやった。パラシュートドレスとゆうんやろうか、パーッと裾拡がった白いワンピースに、手袋と帽子を合わせた祥子はそれこそ女優のようやった。男二人と女一人で銀ブラしながら、わしの胸の中は複雑やった。祥子がピッチャーと楽しそうに喋べると、嫉妬のあまり息苦しくなるんやが、こっちと仲よくしてくれると、

「このまま深みにはまったら、いったいどうしたらええんやろ」

とおろおろするんや。全くわしは奥手やった。

あれはいつやったろうか。そのピッチャーが待ち合わせの場所になかなかやってこなかった。すると、

「あの人、腋臭がすごくてすごくて……」

と祥子は顔をしかめた。その様子が本当に少女のように可愛くて、わしはぞくっときた。そのピッチャーは確かに臭かったが、いつも汗まみれのわしらにとっては、そう気にもならなかった。しかし祥子はずっと我慢していたかと思うと、いじらしい気持ちでいっぱいになったんや。

そして銀座のみゆき通りを、初めて二人で歩いた。そのうち祥子は意外なことを語った。

「うちね、新垣さんが試合に出たはるとこ見たことあるのよ」

なんでも稽古をつけてもらっている藤間流の宗家とその夫人が、わしの大ファンだというんや。

「セカンドにボールを投げはる姿がほんまに綺麗や。あれは踊りに通じるものがあるって、ご宗家は誉めてらっしゃいました」

必ず脇を締めてスナップを効かせる。これは踊りにも通じる基本の動作だと、宗家は言ったという。

わしは昔からよく「姿がいい」と言われていた。送球する時に座ったまま投げるのは、わしの得意技やった。ボールをキャッチャーミットで受けて、投げる時に実は腰を少し浮かせているんやが、胴が長いのと重心が安定しているのとで、しっかり座っているように見えたのかもしれん。が、そのことを踊りの第一人者に誉められたのは大層嬉しかったな。

祥子はこんな話をしてくれた、ある時、稽古が早く終わり、宗家夫妻が外出する用意をしていた。どこへ行くのかと問うと、毎日オリオンズの試合だと言う。

「新垣が移ったばかりだから、さっそく見に行かなきゃ、っておっしゃるの。まだ入門したてなのに、うちも新垣さんのファンですわ、連れていってくださいって言うたの。ほんまにおかしいわ。うち、あんさんのことよう知らへんかったのに、なんであんなこと言うたんやろ。それにうち、あん時真白な綸子(りんず)着てたから、ベンチ座ったらすぐに汚れてしまったわ……」

こんなことを聞いて心を動かされない男がいるやろうか。

それをきっかけに、祥子に連れていってもらい、わしは宗家に出入りするようになったんや。もちろん、勘十郎さんも紫さんもわしのことを大歓迎してくれた。祥子から聞いていたが、紫さんの美しさには息を呑んだわ。妖艶(ようえん)というのとも違うなァ、なんかとてつもなく満開の大きな花を見たような気になるんや。

　それにな、びっくりしたことに紫さんは野球好きがこうじて、自分でチームつくってた。「紫チーム」といって、紫さんはセカンドを守ってた。わしは指導という立場で、このチームのめんどうをみるようになったんや。もちろん祥子がめあてやったが、宗家の新しく出来た西麻布（にしあざぶ）の稽古場へ行くのは楽しかったなァ。いろんな人が来てるんや。宗家が歌舞伎（かぶき）の振付をしてるから、役者が多いのはあたり前や。わしは歌舞伎なんかよう見ないから、祥子に若い日の菊五郎や團十郎（だんじゅうろう）を説明されても全くわからない。それよりも目をひいたのは、若山富三郎（わかやまとみさぶろう）と勝新太郎（かつしんたろう）の兄弟や。二人とも映画に出る前、まだ三味線弾きやった頃や。新派（しんぱ）の女優たちも何人か来ていて、あの先代の水谷八重子（みずたにやえこ）が、ふつうに座って番を待っていたのにもびっくりした。

　そういう時、宗家は祥子に命ずる。

「藤祥さん、今のところ踊って見せてあげなさい」

　つまり祥子が実際に踊って手本を見せるわけだ。終わるとあの天下の水谷八重子が、

「藤祥さん、ありがとう」

　と頭を下げるやないか。

まぁ、祥子はお姫さまやった。父親の三号がよく罵しる、

「みんな頭がおかしくなったとしか思えない」

ほど金のかかった発表会をわしも見たが、大金持ちのえらい父親が、この娘を溺愛していて、まわりがそれはそれは大切にしているのはよくわかった。


この女をいったいどうやって手に入れていいのかわしにはわからなかった。阪神時代の大スターのわしならなんとかなったかもしれん。しかし今は、毎日オリオンズという出来たばかりの球団に移り、

「新垣、ひっ込めー」

と野次を浴びる毎日や。米子の田舎者で、見た目もこんなもんや。なんでも祥子の別れた亭主は、関西学院出の男前やったという。美人の京女の祥子と、ずんぐりむっくりのわしとが似合うはずもない。それより何より、わしには女房と三人の子どもがおった。女房とは戦前、十七と十九で結婚した仲や。さんざん苦労をさせてはいたが、別れるしかなかった。野球かてそうや。スリーベースヒットやホームランなどめったにない。まずはセカンドまで進まなければ、何も起こらないんや。

「女房とはきっぱり別れることにしたから」

とある日告げたら祥子はきょとんとした顔をしていた。

「子どもすべてあっちに渡す。だから僕はまっさらや。さっちゃん、これなら結婚してくれるか」

その時、祥子の目に浮かんだのは迷いとかではなく、困惑と怯(おび)えやった。

「うち、そんなこといっぺんも考えたことないわ。ニイさんとはお友だちと思うてたから」

宗家や紫さんがわしのことを「ニイさん」と呼ぶようになったから、祥子もそれにならってた。その言い方が、本当にそっけないんや。

「だったら今日からその考えを変えてくれ。な、僕はどんなことがあっても、さっちゃんと結婚したいんや」

わしは思わず祥子の手を握ったが、それははらいのけられた。

「そんなこと言われても、うち、困ります」

二十八の出戻りとは信じられんほどのおぼこさやったわ。

が、わしはねちっこさでは誰にも負けん自信がある。それからくそ真面目なとこもや。女房子どもがいるのに、他の女に求婚するわけにいかんと、まずは女房に離婚してもらった。あっちはわりと素直だったわな。戦前の小学校出て、球団で事務員やってた地味な女や。器量もよくない。こんなこと言うのはむごいことやけど、メンコになったりニュース映画に出るわしとは、もう釣り合うはずもないと、心の中で考えてたんやないかと思う。

それからわしは時間の許す限り、祥子の住む麻布の家へ行った。野球選手ゆうのは、女には技も何もない。

「好きや、結婚してくれ」

とひたすら頭下げるだけや。

気に入らなかったが、例の三号もいろいろ応援してくれた。

「今日はさっちゃん、朝から家にいるわよ」

といろいろ情報くれるわけや。

わしは踊りになどまるで興味もなかったが、三号から電話がかかってくる。

「今度さっちゃん、久保(くぼ)講堂でやる踊りの会に出るみたいよ。『君が代松竹梅』を踊るんだって」

それがどういう踊りかわからなかったが、試合がない日だったので出かけることにした。背広を着て、花束はさすがに照れくさかったので菓子折りを持っていった。

舞台の祥子は、そら綺麗やった。品があって優し気で、まるで錦絵から抜け出してきたみたいやった。そやけどどうしたんやろ、肩でかすかに息してるわ。こんなこと初めてやったわ。他の人は気づかなかったかもしれんが、わしにはわかった。だから終わった後にどうしたのかと聞いたんや。

「ここのスリッパが汚れてて、見たら足袋の裏が真黒になってて。しもた、と思うて付き人探したんやけど表に出てて……。うち、楽屋行ってまた大急ぎで階段上がったら息が切れてしまいました」

わしは言ってやった。

「そら、よくないな。僕だってバッターボックスに入った時、あれだけ息がハアハアしてたらヒットが打てるわけがない。ましてや、いい踊りなんか出来ませんよ」

後で祥子から聞いた話やが、それでわしのことを少し見直す気持ちになったという。その頃からやったろうか、二人でよく踊りに行くようになった。昔赤坂の日枝神社の近くに「ラテン・クォーター」というナイトクラブがあった。あのデヴィ夫人が勤めてたところや。当時あそこに来てたのは外国人ばっかりで、日本人なら芸能人かよほどの金持ちやった。だからホステスは、綺麗なだけやなくてみんな英語が喋べれた。祥子はヒールをはくとわしよりも背が高い。踊りをやっているから、ダンスはすぐにうまくなった。ここでも人目をひいて、他の客は羨しそうに見てわしは得意やった。

ダンスの前には帝国ホテルのダイニングでステーキを食べた。ブランデー垂らして火をつけて、パッと炎を出す演出に祥子は喜んだ。京都ではこんなものなかったもんな。酒が飲めないわしは、当時高価だったコカ・コーラを飲んだもんや。

金はあった。阪神とは比べものにならないくらいの年俸を貰うようになったが、それは祥子のためにすべて遣ってもいいと思っていた。前の女房には、毎日からの仕度金と今まで貯めていたものをすべて渡していたからそう文句もなかったろう。

それから何年かしてこの女房は再婚する。不器量でこれといった能もない女やったが、たいした金持ちと再婚したのやからあれには驚いた……。子どもも二人生まれたと聞く。わしの娘は広い敷地に家を建ててもらったそうや。息子たちも引き取られて可愛がってもらったというけれども、次男の方はわりと早くに亡くなってしまった。女房の方も二十年前に逝ってしまったが、まあそう不幸な人生でもなかったようで、わしはホッとしている。

まあ、前の女房のことはわりと早く片がついたが、祥子の方はなかなかうまくいかなんだ。仲よく「ラテン・クォーター」で踊った次の日、ぷいと京都へ帰ってしまったんや。その後に手紙が来て、やっぱり結婚する自信がない、もう会わないことにしよう、とか書いてあるやないか。

わしは急いで京都へ行った、と言いたいところやが、シーズン中でやっと大原に向かったのはそれから半月後のことや。そこでお義父さんに頭を下げた。

「女房とも別れた。子どもとも縁を切った。どんなことをしても祥子さんを幸せにします」

となお義父さんとはそれまで麻布のうちで何回か会っていたが、大原のあの邸で向かい合ったのはそれで二回めや。ただでさえ威厳のある人やが、あの大邸宅で、あの庭園見ながら話をしてみ、どんな人かて気圧されてしまう。

しかしわしは頑張った。

「私の将来に不安をお持ちなら、どうか安心してください。将来野球選手でやっていけなくなっても、監督かコーチできっとやっていきますから」

自分の言葉にハッとしたわ。監督になるというのは、野球選手がみんな持っている夢だ。わしが毎日オリオンズに移ったのは、このまま阪神にいても、決して監督にはなれないことがわかってたからや。あの頃、阪神には大学出しか監督になれない不文律があった。

あの時のお義父さんの言葉は有難かったなあ。静かに目を閉じたまま、こう言わはった。

「いちばん大切なのは祥子の気持ちや。あれは一度つらい目におうてる。だから今度は必ず幸せになってもらわんと困るんや」

その日、大原の家の軒先にコウモリが二匹ぶら下がっていたという話や。こんなことは珍しい。コウモリは中国では昔から、縁起がいいとされている。だから皿や壺（つぼ）によく描かれている。そのコウモリが二匹家にいたというのやから、お義父さんはただごとではないと思ったんやろう。

お義父さんは祥子にそのコウモリを見せて言った。

「これはよいあかしや。お前に新垣さんところ嫁げゆう、神さまからのお告げやろう」

それで祥子は観念したんやろな。

結婚すると告げた時、紫さんはカラカラ笑ってこう言ったそうだ。

「祥子さんは男運がないから、何度やってもダメよ」

そうかもしれないな。本当に祥子は男運がなかったのかもしれん。

わしと祥子が別れているのを、あんた知っててここに来てるのか。ケンカ別れしたわけやない。

死ぬ時はな、松谷の養子としてではなく、新垣強（つよし）として死にたいから、このあいだ籍を抜いたんや。米子中学、今は米子東高というのが見えるとこに、もう墓は買ってある。青空がようく見えるところや。

七

そうどす。新垣のしつこさに負けたんどすわ。

最初は別の男をうちに勧めるふりをして、うちのことをずうっと狙っていたんでしょうなァ。そやけど仕方ありません。

「あんたと結婚するために女房と別れた」

と言われたら、なんや責任みたいなもんを感じてしまいました。

うちは二十九歳の出戻り、ということになりますが、最初の結婚も、相手から望まれてということで、恋愛結婚とは違います。ですから、

「さっちゃん、ほんまに好きや、愛しとる」

という言葉の強さに、ほんまに負けてしもたんでしょうなァ。

あん時の気持ちを、何て言ったらいいんやろか。「観念した」という感じでしょうなァ。もうあの男のしつこさに、父親もコウモリも動き出したんどすわ。そやけどな

ア、女にとってこの「観念した」という気分は、そんなに悪いもんと違います。

昔のちゃんとしたとこの娘は、男の人からきつく言い寄られることがまずあらしまへん。そんなことがあったら、

「お前に隙があったんや」

と親に叱られたもんどす。ですからな、新垣のうちと結婚したい、というねちこさを、いつかしらうちの方も恋愛と思うようになったんどす。

お笑いぐさですわなァ、昔の娘ゆうんは、自分から男の人を好きになる機会などあらしまへん。そやから男の人の愛情を受け止めると、こちらも好きやと思い込むようになりました。

新垣と結婚式を挙げたのは明治記念館どす。あそこも昭和二十二年だかにオープンしたばかりで、とても安く挙げられたはずです。仲人は父と仲がいい髙島屋監査役夫妻で、そう大きくはないけれども、いくつかのスポーツ新聞にうちらの記事が載ったのは憶えてますわ。

料理はサンドウィッチ程度の簡単なもんどすけど、着物は豪華どしたなァ。裏が赤の白無垢を着ました。六月やから無双という贅沢さどす。二回めやけどちゃんと仕度をしてやりたいという父の親心でした。

この時、ご宗家はもちろん、紫先生も出席してはくれはりませんでした。そりゃあそうでしょう、新橋演舞場であれだけ大きなリサイタルを開いてからまだ半年どす。

「いったい何を考えてるんだ」

というお気持ちだったに違いありません。あれだけ力をつくしてくださった、一流どころを揃えてのうちの会でした。それなのに結婚するからしばらくお休みさせてくださいと言ったのです。舞踊家としての覚悟がないと言われても当然ですわ。

紫先生だけは、

「好きな男が出来たんなら仕方ないわね」

と笑っていらっしゃいましたが、それでも結婚披露宴にはいらしてくれはりませんでした。きっとご宗家からきつく言われていたんでしょう。

その時のうちの気持ちはといえば、これで踊りをやめることになっても仕方ないなア、というもんでした。子どもの頃からたんとお金をかけて、踊りを習わせてもらいましたが、ほんまにこれにうちの人生を懸けるか、と言われると怯(ひる)んでしまうんどすわ。ご宗家のところには、他にもお弟子は何人かいてはりましたが、その厳しさはうちとは比べものになりません。みんなプロの舞踊家になろうと必死どす。そういう人たちの中で、うちなんかはやはり〝お嬢さん芸〟に思えてくるんどす。

「祥さん、祥さん」

とご宗家が大切にしてくれはるのも、お客さま扱いだからかと、まあ、こんなふうに考えていました時に、うちの前に新垣が現れたんどすわ。

「さっちゃん、踊り好きならずっと続けてもええんやで」

と言ってくれたのは婚約中のことで、式を挙げたとたん、

「そらやっぱり、プロ野球選手の女房なら、踊りなんか無理やろ」

と平気で言うようになりました。

結婚前は男らしくて、朗らかな男に見えたのですが、一緒になってみるとねちねちと自分勝手なだけです。ええ、ほんまのことどすから、構やしまへん、新垣はもう籍が抜けてますから他人でっしゃろ。

「養子のままで死にたくない」

とあっちが言うから離婚したんどす。

もっと早くすればよかったんどす。うちはこの新垣に、どれだけ苦労させられたかわからしまへん。

せめて父が生きている間は悲しませたくない、その後は娘が結婚するまで……とずっと自分をだましだまし暮らしているうちにこんな年になってしまいました。そうし

たら新垣は、死の間際に離婚をせがんだんどすから因果なもんですなァ。と言っても、葬式はこちらで出さなならんと思いますし、お墓にも入れてやらんといけません。何のために籍を抜いたかというと、なんでも「松谷強」ではなく、「新垣強」として死にたいんだそうどすわ。そやけどあの人は、自分から進んで養子になりましたんや。「松谷」の仕事をするのに、やっぱり松谷の苗字を名乗らなあかんやろ、と言ったんどす……。全く勝手な男どす。

なんや愚痴ばかり言ってしまいました。夫婦というのは、若いあんたはんには理解してもらえへんかもしれませんが、いろんなことがあるもんどす。この頃うちはようわかりました。その夫婦が続くかどうかいうのは、女の方でどれだけ我慢が出来るかということでしょうなァ。

たいていの夫婦は男の方が悪い。えぇ、そうですとも。やさしくていい夫なんて、うちは生まれてこのかた見たことがあらしません。うちの父親にしても、世間から尊敬される、あれだけ立派な人でしたが、女にかけてはからきし駄目でしたなァ。

新垣という男は、結婚したとたん本性を現し始めましたなァ。家に帰ってきたら、掃除はいきとどいて、料理は全部並んでなあかんと言うんどす。

うちは家にいた時は、お手伝いさんが何人もいて、自分で料理をしたことはありません。舞踊家ゆうんは手をそれはそれは大切にします。水仕事など厳禁どす。それなのに新垣は、明日までにこのソックスを洗え、今日の料理は不味いからもう一品つくれとうちに命じてばかりですわ。うちは家から一人若い女中を連れていったんですが、

「体がきつくてかなわない」

と言って、早々に京都に帰ってしまったほどです。

プロ野球選手ゆうのは勝負師ですから、その日の試合の結果がすべてなんどすわ。負けたりするともう怒りやるせなさを、こっちにぶつけるしか仕方ないんでしょうなァ。そら荒い言葉をぶつけてきて、料理や掃除に文句ばかりどすわ。おかずが気に入らなければちゃぶ台をひっくり返す、なんていうことを本気でやってました。うちはあの頃、布団をかぶってよく泣いたもんどす。

この頃新垣は毎日オリオンズにおりました。打率でリーグ五位に入り、日本シリーズで優勝するなど、そら大活躍してたんどすけど、阪神からの移籍問題のことがあり、そら、野次がひどいもんやったと聞いております。

あの頃の客は、今よりももっとえげつないことをしてました。甲子園でもバットを持ってスタンドに行く人がいたと聞いてます。いざ選手同士の乱闘になったら、自分

も加わるつもりなんどすわ。これは新垣から聞いたんどすけど、遠征もそらきつかったそうどすなァ。まだ戦後の闇業者で列車が満員の頃、北海道まで行ってたんやそうどすわ。すぐに試合に出られるように、ユニフォーム姿で椅子の下で寝てたこともあった言いますなァ。ちゃんとした旅館もない頃どすから、たいていは大広間で雑魚寝したそうどす。

　ですから遠征から家に帰ってきた新垣が、殿さまのように、ああせい、こうせい、言うのは耐えなきゃあかんとずっと思ってましたんや。

　うちらの新居は四谷の一軒家どした。焼け残った広いうちで、庭もありました。あの頃新垣はいくら貰ってましたんやろか、大学出た人が一万円ちょっとの初任給の頃に、十五万は貰っていたと思います。当時は千円札でくれたから、スター選手の給料袋は厚くて立ったそうですなア、そうですなア……としか言いようがないのは、うちは新垣の給料袋ゆうのを一度も見たことがないからです。

　新垣は給料の中から、先妻の三人の子どもにせっせと仕送りをしていたんどすわ。しかもお手伝いの給料まで払ってたってゆうんですからまあ、驚きますなァ。

「離婚したから、三人の子どもの籍もあっちにいった」

　それがすべて嘘やったゆうのがわかったのは、一緒になってすぐの頃どす。三人の子どもの籍は抜かず、あの人らの苗字はずっと「新垣」でした。お母さんが再婚なさってもずっとそのままやったのは、やはり自分の父親のことを誇りに思ってたんでしょうなァ。

新垣ゆう人は、酒を飲みません。女郎（じょろう）屋に行くこともなかったし、あの頃のプロ野球選手につきものの「飲む」「打つ」「買う」とは無縁でした。そやけどそれはお酒や女の人で発散出来ひんということです。後輩をひき連れてわーっ、と飲みに行ったり、女の人と派手に遊ばはって、ああいう勝負師ゆうんは、心の均整を保っているような気がします。そやけどお酒を飲まない新垣には、友だちゆう人が一人もおりません。慕ってくる後輩もおらず、ほんまに一人ですわ。それ思うと可哀想な人かもしれませんな。新垣にとって、家族がすべてなんです。ですから先妻の子どもたちをあれほど大切にしたんでしょう。

そして肝心のこちらには、なかなか子どもが出来ません。

「最初の子は女の子がいいな。祥子によく似た別嬪（べっぴん）じゃなきゃ困るがなァ」

などと楽しみにしていた新垣ですが、五年たっても六年たっても、子どもが生まれへんので次第にいらついてきました。

「お前は石女（うまずめ）じゃないのか」

とひどい言葉を連発します。実はあおいが生まれるまでの八年の間、三度も流産しております。新垣には話しておりませんでしたが、前の結婚の時に堕胎をしたことが原因やろうとずっと悩んでおりました。それなのに「石女」などと罵しり、先妻の子どもには金を送り続けるんですから、うちがどんな気持ちだったかわかってもらえますやろか。

　ところでこの先妻の子どもゆうたら、後で平気で新垣を裏切りますんや。七十過ぎて死を意識した新垣は、うちらには内緒でいろいろ計画してたらしいんどす。一緒に暮らしたいと持ちかけたんどすわ。そうしたら子どもたちに断わられ、それどころかもう遊びにもこんでくれと、ひどい仕打ちどす。

　うちにしてみれば「いい気味」という思いですが、新垣は大層ショックだったみたいどすなあ、長年ずうっとめんどうをみていた、子どもたちに裏切られたんどすからなァ。まぁ新垣いう人は、可哀想なところがありますなァ。

　あんだけの人気選手でしたが、夢であった監督になることはかなわず、昭和三十三年に引退しますわ。その後解説者になったり、阪神のコーチをしたりしますがうまくいきませんでしたなァ。根っから不器用で損な性格なんどすわ。まぁ、そう考えると今さら見捨てる気にもなりません……。

そやけど、新垣の許せんことはまだまだたんとありますんや。
祖神道（そしんどう）ゆうのをうちの父が信仰していたことがあります。今は金沢に教祖さまがいる宗教どす。小さな教団どすけど、個人の精神修行を大切にしているところを父は気に入ったに違いありません。そら熱心な信者でしたので、結婚を機に新垣にも入信を勧めました。新垣はあのとおりの男どすから、ほんまに信じてたわけやありません。そやけど尊敬する父に言われて入ったんどすわ。

ところがいろいろ相談していた代表が、うちが妊娠した時におかしなことを言い出したんどすわ。

「腹の子はご主人の子やない。今までもそういう子どもを授かったから、流産ということが続いたのだ」

これには父が激怒しました。

「娘がそんなにふしだらな女と言うのか」

ということで、さっさと教団をやめてしまいました。うちの父からの寄付は毎年相当のものがあったはずなのに、代表の人は、またなんということを言ったんでしょうか。もちろんうちには、なんも身に憶えのないことどす。

ところが驚いたことに、新垣がこのご託宣（たくせん）を本気にしたんですわ。そしてお腹がど

んどん大きゅうなっていくうちに対して、

「ほんまに俺の子どもなんやろうな」

と念を押す始末で、ほんまに情けなくなりましたわ。

ところが娘が生まれたら、新垣に顔がそっくりやおへんか。へえ、もう笑ってしまうくらい新垣そのまんまどす。

「女の子でわしにこんなに似とったら困るなァ、どないしよ」

などと言いながらもう嬉しくてたまらない様子でした。その可愛がり方ゆうたら、もう大変どしたわ。娘の方もそんなわけでお父さん子になりましてなァ、何をしても「パパ」「パパ」どすわ。新垣はうちにすまないと思ったんでしょうな、それっきり教団とは手を切ってますわ。

あおいというのは、能からとりました。葵の上のように早世してはというので、ひらがなに直したんどす。

「あおちゃん」「あおちゃん」

と呼ばれて、大勢の人に可愛がられて育った娘どす。新垣の娘やゆうのに、体育がからきし駄目で、どんなところがありますが、勉強はよう出来ましたで。

中学校から同志社へ入り、大学もそこを出ております。顔も心配しておりましたが、年頃になりましたら新垣にそっくりながら、愛敬ある、可愛らし娘になりましたわ。まずまずの器量で同志社も出ているというのに、三十六にもなってまだ結婚しておりません。このまま嫁かず後家になったらいったいどうしようかと、うちは気が気ではありません。

娘が申しますにはうちの母が、

「あんたは祖父ちゃんと同じで、淫乱な血が混じってるはずや。だから本当に男の人には気ィつけなあかんで。手も握らしたりしたらあかん」

と子どもの時からしょっちゅう言っていたようで、それはそれは堅い娘になってしまいました。今までもいいお話はしょっちゅうありましたし、婚約の運びとなったこともありましたが、寸前になって、

「うち、やっぱりいやや」

と娘が申します。

親の口から言うのもなんですが、娘はほんまに頭がよくて弁が立ちます。淫乱の方の血は流れていなかったようどすが、うちの父の、学者にもなれるほどの頭のよさは、この娘がしっかり継いでいると思いますわ。うちの仕事を一生懸命やってくれるのもいいですが、その前に結婚してほしいもんどす。あまり大きな声では言えません

が、それで別れても子どもの二、三人つくってくれたら万々歳やないでしょうか。

自分のことばかり喋べってしまいました。あおいが生まれて一年あとのことどすわ。父は生涯をかけて挑む大事業に取り組むんどす。それは世阿弥（ぜあみ）の生誕六百年を記念した、昭和能装束（のうしょうぞく）の製作どした。

父は図案家として日本一と言われるようになりましたが、戦前までは帯も自分のところで製作までやっておりました。やがてお客さんである機屋（はた）さんとの兼ね合いで、帯の製作をやめるんですが、ほんまに残念なことどした。父のつくる帯は本当に見事なものだったんどす。

図案では古典柄をアレンジすることがほとんどどしたが、自分でつくった帯は大胆なものが多く、それが目を見張るほど新鮮どした。特に忘れられないのは、本綴（ほんつづれ）の丸帯どす。琳派（りんぱ）の筆法で紅梅と青海波（せいがいは）を描いているんどすが、まぁ、その梅といったら、なんというんでしょうか、単純な形、そう、抽象画というようなものなんどすが、梅のひとつひとつから高い香りがするようなんどす。濃い色の梅の向こうには、薄い色の梅があるので、立体的になり、ほんまに大きな梅の枝ぶりを見るようどしたなあ。今では丸帯ゆうのはほとんど見られんようになって、京都でも舞妓（まいこ）ちゃんが締めるぐらいですやろか。そやけど戦争前は、ちゃんとした時には女は丸帯を締めたもんどす。この帯は昭和十四年の展覧会でつくったもんどす。

「むらさき会」と名づけたこの会は、父が商売を抜きでつくったものばかりどした。名古屋帯では柏を力強く描いたものも飾りましたが、これはほんまに油絵の名画を見てるみたいどしたなあ。そうかと思えば明綴や本綴の帯もあって、色や柄ばかりでなく、あらゆる織の技巧を駆使してましたわ。綴ゆうのはご存知のように、職人の爪をギザギザにして糸をたぐり、少しずつ織っていくもんどす。明綴ゆうのは、今出まわっているような安いもんとはまるで違います。蘇州で織られていたもので、当時はわざわざ西陣の者が中国へ行き、このように織ってくれと頼んだのですから、それはそれは高価なもんどした。日本の綴よりもやわらかくて軽くて、着物好きの女なら一本は欲しいもんどすわ。

この「むらさき会」は当時大変な評判をよびましたわ。美術工芸の偉大なるを見せるは、皇国の義務なりと父はパンフレットの最初にいさましいことを書いております。もうこの頃は東条さんらとのつき合いも始まっていたのと違いますやろか。

そしてこうした帯をつくりながら、父は能装束への憧れが、ふつふつとわいてくるのをどうしようもなかったんでしょうなあ。

これも前にお話ししたと思いますが、父はずっと昔から、謡曲に憧れていました。だけど仕舞なんていうもんは、もともとお大名のやるもんで、昔からお金持ちの趣味と決まっています。丁稚になってずっと働きづめだった父には、とうてい手の届かんもんどすわ。そやから仕事で成功してからは、先代の梅若万三郎先生ら観世流のえらい先生たちについてずっと習ってましたわなァ。舞った演目は百二十六番というからたいしたもんどすわ。

そして能楽堂に通いつめるうち、帯屋の父は能装束がだんだんあきたらんようになったんどす。

父はラジオや新聞の記者さんにようこう言ってましたわなァ。

「能装束が今のような形になったのは、桃山から江戸にかけてですが、今使われているものはみんなその復元にすぎません。しかし当時に比べ、見物席はぐっと広くなり、照明には蛍光灯が使われております。そして演者たちの体格もまるで違っているのに、相変わらず豊臣時代の装束でよいものでしょうか。私は現代に通用する装束をつくろうと考えるようになりました」

この何年か前から、父は相撲の行司さんに装束を贈っておりました。式守与太夫さんたちに二十枚近く差し上げてたと違いますやろか。

「えらい道楽しはりますなァ」

とまわりの人たちは感心していましたが、今考えると行司の装束で、父はいろいろなことを試していたんですわ。体にまとう模様の大きさ、光のあたり具合を能装束の生地を使うことで観察していたんでしょうなァ。父はそういうところが本当に慎重どしたわ。じわじわとまわりをせめていって、そして突然大胆なことをする。昭和の時代に能装束を百枚つくるゆうんどすから、そらみんな驚きますわなァ。

そやけど、お能の衣裳をつくるということは、ほんまに大変なことどしたわ。お金のことだけやあらしません。能装束の模様にはすべて、天や地に通じる大切ないわれがあるんどす。そういうものをないがしろに出来ませんから、父は学者さんについていろいろと勉強もしたはりました。

能というのは扇（おうぎ）以外の小道具をあまり使いませんなァ。背景もほとんどあらしまへん。出てくる人の年齢、身分、性格、いい人か悪い人かゆうんもみんな装束で表現せなりません。せやさかいいろんなきまりごとがあるんどすわ。たとえば有名な「翁（おきな）」では、蜀江（しょっこう）文を使うんどす。蜀江ゆうんは、八角形と正方形をつなげていって中に花や鳥の模様を入れたりしますなァ。女の人の帯にもよく使われてますわ。「道（どう）

成寺」では鱗か油焔形、「清経」だと青海波と、うちのやっている日本舞踊にも通じるものがあって面白いですなァ。

そやけど「夜討曾我」の衣裳に、千鳥や蝶々は使ったらあかんということになってました。なぜかというと明治のはじめに市川團十郎が上演した時、芝居者ごときが、神聖な能の衣裳を考えるとはけしからんということでしょうなァ。

父は織物工場を選び、ベテランの織り手と相談を重ねながら能装束を織り上げていきました。そして三年の歳月をかけて五十点の装束を完成させたんどす。これは京都市美術館で「前期五十作新興能装束展」として展示されました。この時はたくさん人もおいでになって、新聞にも取り上げられましたなァ。みんなが賞賛してくれはったんはその色の美しさと、模様の大胆さでしたでしょう。もともと能装束というんは、大きくはっきりとした柄なんどすが、父の装束はもっと現代的に大らかなんどす。そうかといって古典のきまりからはずれているわけではありません。たとえば「葵上」の衣裳は、秋の花模様に蝶が飛んでいますが、父の新しくつくったそれは金地に大きな蝶が胸元を飾ります。ずっと激しいもの狂いの六条御息所なんどすわ。

また金剛の天狗物に使えそうな狩衣は、南ヨーロッパの建築からヒントを得たもので斬新な美しさにあふれています。

「先生、いったいいくらかかったんですか」

というぶしつけな質問には、

「まあ、一着三百万円くらいかかったかもしれん」

と答え、記者のど肝を抜きましたが、実際にはもう少しかかっているかもしれません。

そしてこの年の暮れ、観世会館でこのうちの十二点が初着付され、父自身も「安宅」を舞いました。

今でもうちはあの日の「江口」の舞台を忘れることが出来しません。「江口」ゆうのは、お能の中でも人気の高い演目どすわなァ。実はうち、お能はどうも苦手なんどすわ。そらそうですわなァ。若柳や藤間をずっと踊ってきたうちには、お能などまだるこしくて見てられませんわ。せやから父に言われても、仕舞を習うことはありませんどした。

だってそうでっしゃろ、じーっと動かんと、忘れた頃に足拍子をひょいと打つ。若い頃は時々能楽堂で居眠りをしましたんで、

「もうお前は連れていかんわ」

と父に苦笑いされましたわ。

そやけどその日の「江口」は、うちのようなもんでもずっしりと腹におちたんどす。

その昔、西行法師（さいぎょうほうし）が江口の遊女と歌を詠みかわしたという故事からとったもんどすわ。その江口の旧蹟（きゅうせき）を訪れた若い僧が、若い女に呼びとめられます。女はその時の遊女なんどすなァ。そして遊女が、あと二人出てきて、昔の舟遊びの様子を見せます。僧が祈るとうかばれへん遊女たちの罪は消え、いつしか菩薩（ぼさつ）となって西方へ消えていくんどすわ。

父のつくったシテの観世水に菊の衣裳の素晴らしかったこと。水は大きく流れて菊をくっきりと浮かび出させとります。その紅や蘇芳（すおう）、藤、といった色が遊女の華やかさ、哀れさを引き出しとるんどすわ。

うちはいつのまにか泣いてましたわ。この世に深い執着を持ったばかりに、あの世へといけへん江口の遊女が、いつのまにかうちにかぶりましてなァ。うちも人並みの結婚をしたい、子どもを産んでみたい、ゆう執着が、いろんな人に迷惑をかけ、舞踊家への道を閉ざしましたわ。そやけど今、専業主婦になって子どもを育ててると、踊りたくてたまらんようになるんどすわ。

もちろん泣いたんはそれだけやおへん。

「あと五十枚、大阪万博までにつくる」

と宣言した父のすごさを思いますと、涙が出てきますんや。どうしてそんな大変なことを次々と考えていくんやろ。どうして世の中の人が誰もせえへん、立派なことをやるんやろ。もう若くない自分の力を奮い立たせて……と思うと、もう泣けて仕方ありません。

ところが新垣は、父が亡くなった後、この装束を何着かたたき売るんどすわ。一着たった三十万円でですよ。いずれは美術館をつくろうと思ってたもんどすわ。あわてて買い戻しにまわりましたが戻ってきいひんもんもあります。

自分の子どもたちへ、まとまった金を渡したかったようですが、なんという情けないことでしょうなァ。

そうです、あの日観世会館で、新垣かて数々の演目を一緒に見てたはずです。しかし「能ちゅうもんは退屈なもんや」とつぶやいていたのは聞き逃せませんでした。それはかつてうちがつぶやいた言葉ですが、新垣が口にするのは許せへんと思たのは、嫌な予感がしていたんでしょうなァ。

八

あおいが生まれた昭和三十年代の終わりから四十年代にかけてが、松谷の家もうちも、いちばん幸せだったのと違いますやろか。

昭和三十九年に、父はニューヨーク世界博覧会に帯を何点か出品して話題になりました。日本の帯の美しさが世界に認められたんどすわ。そしてあの頃、京都の帯も売れに売れてましたわなア。戦争が終わって二十年たとうとしてました。日本がどんどん成長していたときですわ。みんな余裕が出てきて、女の人は着るものにお金をかけるようになりました。あの頃は今と違って、よそゆきということになりますと、ある年齢以上の女は着物を着ました。子どもの入学式や卒業式に母親はみんな着物どした。それから娘の成人式の時は、親御さんは気張らはりましたなア。今みたいに安もんのぴらぴらしたものはまだつくられていません。

この頃は京都でも、びっくりするような振袖着てる人がいはります。ニュースで見て、腰抜かすほどびっくりしたことがありますわ。品のない着物を思いきり衿を抜いて着はって、結った髪を両側にばさっとたらして、そう、お女郎はんそっくりな格好してるんですわ。うちにおばあちゃんがいはったら、こんなこと許さしまへんやろなァ。今の娘さんのお母さんが、そもそも着物着はらへんから、こんなとんでもないことが起こるんどすわ。

昔はこんなことありませんでした。娘が成人式迎えるゆうたら、一大行事どす。こん時にみんな写真館行って見合い写真撮ります。そやから少しでもいい振袖こさえようと、何十万、人によっては百万以上のものをこしらえます。そのために振袖預金というもんつくった信用金庫もあったほどですわ。呉服屋さんも秋になると「振袖展示会」を大々的にやらはりましたなァ。日本全国から、京の問屋さんめがけて買いにきはります。京の帯ゆうたら、ほんまに飛ぶように売れたもんどす。

うちもあの頃、毎週のように受注会をしていましたなァ。ここに来られるのは、京都でも超一流の機屋さんだけどすわ。欲しい図案に値段をつける入札制どしたけど、みなさん三十万から四十万、高いものとなると八十万円という値段つけはりましたなァ。毎回、五十から六十枚の図案をつくるのは大変どした。あの大原(おおはら)の家には、いつも三十人から四十人ほどのお弟子さんがいてはりました。みんな住み込みでしたから、この人たちの世話をするためにお手伝いさんは、六人いました。その他に事務員が五人、力仕事をする男衆(おとこし)は二人、運転手が三人という大世帯でした。三千坪のあの庭を維持するために、出入りする植木屋さんはそれこそ十人単位でしたやろなァ。あの大原の家はまさしく城どしたわ。そしてうちの父はご領主さまというところでしたか。すべての人から「先生」と呼ばれて、尊敬を集めていた父……。その父にしっかりと守られて生きていくことが出来たうちは、なんて幸せでしたやろう。

さっきも申し上げましたように、あの頃帯はえらい売れ行きでした。それと同時に、図案を売る松谷にも莫大なお金が流れてきましたが、それを父は気持ちよいほど遣っておりましたなァ。夕方に仕事を終えると、さっと着替えて祇園に繰り出すんどすわ。父のやさしいところは、その日お茶をひいているお姐さんや舞妓ちゃんがいたら、

「呼んでやりい」

と座敷に呼んでやることでした。ネクタイを誉められたらその場ではずして人にやるような父どしたから、どれだけ人によくしたかわかりません。今でいうパトロン、でしょうか、芸能人や相撲取りにも肩入れしてましたなァ。

特に可愛がっていたのは玉三郎（たまさぶろう）さんでした。ご存知のようにあの方は、梨園（りえん）の御曹子（おんぞうし）に生まれたのではなく、養子として守田勘弥（もりたかんや）さんのところへいかはった人です。いわば傍流ですから、お若い時は苦労なさいました。歌舞伎の見巧者（みごうしゃ）であった父は、若

い頃から、

「あの子はええ。あの子はきっとたいした役者になるで」

と玉三郎さんを贔屓（ひいき）にして、応援してたんどす。役者というのは、切符をどれだけ売るかが配役にはねかえってきます。父は南座（みなみざ）出演の折はもちろん、自分は行けへんかっても歌舞伎座に玉三郎さんが出はる時には、切符を何十枚と買い皆に配ったものです。着るものも、どこへ出ても恥ずかしゅうないようにと最高のものを用意し、祇園に連れ出したりと、本当の息子のように可愛がっておりました。そのため玉三郎さんも父のことを、

「京都のお父さん」

と呼んで、それは慕ってくれたはりましたなァ。まぁ、今えらい人気の玉三郎さん、一度お父ちゃんに見てもらいたいと思いますわ。

その他にも、有吉佐和子先生やら平岩弓枝先生ら、えらい女の作家さんたちが大原のうちに遊びにきはりました。中でも父といちばん親しゅうなったのが、有吉先生でしたやろか。曾野綾子（そのあやこ）先生と二人「才女時代」というんでえらい売れてた頃どすわ。うちの父にとったら、有吉佐和子先生ゆう人は、初めて会うような女の人と違いますやろか。まだ若くてぴちぴちしたお嬢さんどしたが、アメリカに留学しはる、ニュー

ギニアの奥地にはいかはるとえらいこと次々としはります。そして思ったことをぽんぽん言わはる元気よいお方どした。うちの父とゆうたら、女は弟子か水商売のお人しか知らしまへん。

「先生、そおどすか？　まぁ、ほんま、えらいことどすなぁ……」

と言ってる女の人どすわな。そやけど有吉先生ときたら、

「松谷さんは、どうしてそんなに堂々とお妾さんつくるんですか。奥さんはどう思ってるんですか。帯の値段ってどうしてあんなに高いの」

などと平気でお聞きにならはるんですが、父はそれを大層面白がってましたわなァ。

「戦争終わって、女も変わったもんやなァ。ああいうのをアプレゲールゆうんやろか」

などとうちに言っていたもんどす。二人で能や歌舞伎のなりたちについて、何時間でも喋べっている時の父は、本当に楽しそうどしたわ。そして有吉先生が紹介して、吾妻徳穂さんと知り合うんどす。

まだ生きたはる方について、こんなことを言うのはあかんのでしょうけどなァ、まあ吾妻さんは父にとって大切な人どした。五十代の父が、四十代の吾妻さんにほんま

に惚れてしまわはったんですわ。まあ老いらくの恋、ゆうことになるんでしょうけど、そんな言葉が似合わへんほど吾妻先生は若くて美しい人でしたなァ。

あの方が大原に遊びにきはった時のことを思い出します。ちょうど若葉の頃でした。ねずみと藍の間道に、草木染めの帯を幅広に締めた吾妻先生はほんまにお綺麗でしたなァ。舞踊家らしく少し短かめに着つけた着物から出た、真っ白い足袋がリズミカルに動いて坂を上がってくるのを、昨日のように思い出します。小柄な愛らしい方でした。

今の方は吾妻先生ゆうたら、芸術院会員で文化功労者に選ばれた、舞踊界の大御所という印象でしょうけど、うちらみたいな年代の者は、奔放でいろんな挑戦しはるお転婆さんゆう感じでしょうか。

二度も駆け落ち結婚しはったうえ、アヅマカブキを創設しはって、アメリカやヨーロッパを巡業する、などというのは、ふつうの女の人に出来ることではあらしまへん。いろんな方との恋の噂もたくさんありましたし、この関係は父の方がかなりのぼせていたような気がします。吾妻先生のために、たくさんの衣裳もつくらはったはずです。先生とのことを秘密にしていたのは、先生が有名人だったうえに、二度めの離婚になんやかんや時間がかかったためでしょう。昔気質の父としては、人妻とそういうことをするのは、やはり心がとがめたのと違いますやろか。

が、吾妻先生の方はあっけらかんとしたお方だったので、娘のうちにもちらっと漏らすことがありましたなァ。

「さっちゃんのリサイタルに出るの、お母さんに申しわけないかしらね」

とおっしゃったんですわ。ええ、うちが新橋演舞場で行なったリサイタルどす。ですからあの時はもううちの父と何かあったんでしょうなァ。それまでお金でどうにでもなる女ばかり相手にしていた父にとって、吾妻先生は目も眩むような相手やったはずどす。二人がいつ別れたんかわかりませんが、うちのリサイタルの後やったような気がします。あの時の吾妻先生の出演料がいくらかは知りませんが、かなりの高額やったはずどす。いずれにしても、性格の悪い二号、三号といった芸者上がりの妾たちだけでなく、父にそういう女の人がいたことに、うちはちょっと嬉しいような気持ちになるんどすわ。

全くあの頃の松谷家の盛んなさまは、ほんまにご城主のそれみたいなものやったかもしれませんなァ。毎年正月には京都ホテルに集まって宴会をしました。部屋をいくつもとって、この時、二号、三号も子どもたちを連れてくるんどす。うちの腹違いのきょうだいということになります。どちらにも二人ずつ子どもがおりました。二号の子ども二人、男の子と女の子は、うちの母が育てたようなもんどす。二人ともうちと同じほどの教育を受けさせましたし、きちんと父の遺産も渡しました。男の子には麻布の家がいったはずですけど、たちまち手放してしまいました。今ではオーストラリアで暮らしてます。女の子の方は東京女学館を出て、銀座の有名なおでん屋の四男と結婚しました。この頃は父もまだ生きていて、自分のつくった打ち掛けを着せ、遠藤(えんどう)波津子(はつこ)さんのお仕度でおくり出すという立派なもんどした。うちも出席しましたが、もちろん、

「あの有名な織物作家で実業家の、松谷鏡水氏の次女」

と紹介されていました。この娘も兄を追ってオーストラリアに渡り、夫婦でレストランを経営していると聞いています。この娘にはうちよりも早く子どもが生まれ、父にとっては初孫ということになりますので、名前をつけたがっていました。ところが娘は、舅(しゅうと)にさっさと頼んでしまいました。その時の父のがっかりしたことといったらありません。

「やっぱり妾の子はあかん……」

と言ってはったのを憶えてます。

それはともかく、毎年正月の二日、京都ホテルの一室にうちらは集まり、祝宴を張ることになってましたんや。女たちはみんな晴着どす。上座には父と三ツ紋を着た母、そしてうち、新垣が並びます。あおいも赤ん坊の時からうちと新垣との間に置きました。

白いテーブルクロスが張られたテーブルには花が飾られ、年によってフランス料理か、あるいは会席料理が出されました。父も新垣もほとんど酒を口にしませんでしたが、二号と三号は芸者上がりですからいける口でした。酔わへん程度にワインや日本酒を飲んでたんと違いますやろか。

一同お屠蘇をいただき、その後父が訓辞めいたことを口にします。

「今年はいよいよ東京オリンピックの年や。皆も知っているとおり、わしは日本紹介のパンフレットの表紙をやらしてもろうた。天子さまもご覧になるゆうから、ほんまに名誉なことや。そやけどあの戦争負けた日から、わずか二十年でオリンピックを開くなんていうのは、日本民族ゆうのはたいしたものや。わしは昭和二十年の東京を知っとる。どこ見ても焼け野原や。それが今では大きい道路が通って、その上にも高速道路が出来たわなァ。全く人間ゆうのは頑張ればどんなことも出来るもんや。今年もわしらは心をひとつにして、松谷のため、お国のために気張ろうやないか」

そうすると妾とその子どもたちもいっせいに頷くのです。母はにこにこと顔をほころばせ、

「今年も松谷の家のために気張っておくれやす」

正妻らしい貫禄でひと言だけ口にします。

あれは見る人が見るとおかしな光景だったかもしれませんなァ。そやけどうちは他の家のことを知りませんし、

「お父ちゃんぐらいえらい人やったら、他に女の人がいはってもあたり前や」

とずっと思っておりました。えっ、新垣がどう言っていたかということですか。やはりこの新年会にはかなり驚いていた様子です。

「江戸時代のお殿さんみたいやな。よくこんなことが出来るなァ……」

プロ野球選手がいくら女好きで派手な逸話が多いといっても、本妻と妾を並ばせて正月を迎えるなどというのは、聞いたことがないというのです。けど、そんなこと面と向かって言いはしません。新垣は父の財力と、男としての器の大きさに、ただただ頭を垂れるしかなかったのと違いますやろか。

東映フライヤーズから阪急ブレーブスに移籍した新垣は、昭和三十三年に引退しました。そして第二の人生ゆうことで、報知新聞の大阪担当記者になりましたんや。ま

あ、新垣が喋べったことを他の人がまとめる、ということで、自分では書きやしません。まぁ、野球解説者ということでしょうなァ。そやけど根っから口べたで、無器用な男ですわ。とっさに気のきいたことを言ったり、分析する、なんてことが出来るわけがありません。悶々（もんもん）としていたところに、阪神のコーチという話が起こったんです。あんな風に反旗をひるがえして出てきたとこどすけど、あの人は阪神タイガースが大好きやったんどす。またあの縞々のユニフォームが着られるっていうんで、それはそれは喜んでましたなァ。

喜んでたのは新垣だけやおへん。うちもこれで関西に帰れると、救われたような気持ちになりました。

コーチになる前年にはあおいも生まれて、子育てと新垣の世話とで、うちはくたくたになっておりました。京都から連れてきた女中は、あまりにも新垣がこき使うので、さっさと逃げ出しました。ですから阪神からお誘いがあったということは、うちにとってもほんまに幸運なことやったんどす。

新垣には大阪へ通ってもらうことにし、京都の実家の近くに家を借りました。二階建てのモダンな家です。実家からはすぐに女中を寄こしてくれはったうえに、夕食のおかずも毎日のように届けてくれます。いっぺんに天国に来たような思いどすわ。

おまけによちよちしたり、ものが喋べれるようになったあおいに、夫が夢中になりました。前妻との間に子どもは三人いますが、年をとって出来た子だけに可愛さは違っていたんでしょうなァ。

「ちゃんと子育てさせるんや。そしたら男は浮気をせえへん」

という母の助言にしたがって、おむつ替えやミルク、着替えなども新垣に頼みましたら、喜々としてやるではありませんか。そうしますとうちの手も空いてきますなァ。人間ゆうのはほんまに勝手なもんやと思うのですが、心と時間に余裕が出てくると自分のことをあれこれ考えるものなんどす。うちはかつて一度は諦めた踊りを、もう一度やりたくてたまらんようになりました。

そして東京の紫先生に手紙を書いたんどす。やっぱりうちは踊りを諦めることが出来ません。こっちの方でどうにか続けてみたいと訴えたんどす。

ご宗家の弟子にしていただき、あれだけ盛大なリサイタルを開いてもらったにもかかわらず、半年もしないうちに、

「結婚しますわ、踊りやめますわ」

と言ったうちです。ご宗家はお怒りになり、結婚式には出席していただけませんでした。その時夫人である紫先生は、

「さっちゃんには本当に期待してたんだから、ご宗家ががっかりするのも仕方ないわね。私は女だから、さっちゃんの気持ちがわかるわ。立場上私もお式には出られないけれど、これで縁が切れるわけじゃないし」

　とおっしゃってくれたんです。

　紫先生の返事はすぐにきました。

「さっちゃんはもう師範の資格を持っているんだから、お弟子さんを集めてお教室をつくればいいのではないかしら」

　これはあたり前すぎるほどあたり前のことなのですが、うちはとても淋しくなりました。どういうことかというと、うちにはもう第一線の舞踊家の道はない、ということなのです。プロとして大舞台に立つようになりたいならば、一流の舞踊家の弟子となり研鑽(けんさん)を積まなくてはなりません。うちはもうその道を放棄したのですから、これからはのんびりと町の踊り教室の先生になったらどうかと、紫先生はおっしゃっているのです。

　その時うちの中に、吾妻徳穂先生の舞台が、まざまざと浮かんできたのです。「娘(むすめ)道成寺(どうじょうじ)」の素晴らしかったこと。衣裳をつけない素踊りだったからこそ、その表現の巧みさがきわだっていました。「恋の手習い」では、男心のはかなさ、恋をすることのせつなさが伝わってきて、思わず身震いするほどでした。主役のうちよりも大きな拍手やったのも当然やと思ったほどです。

吾妻先生は、まさしく男を芸の肥やしにしてきた方で、二度の結婚生活の他に、いろいろな噂があった方です。子どもさんをつくっても、家にとどまっている方ではありませんでした。他のものなど何の価値も持たず、そうだからこそ吾妻先生は、あれだけの踊り手とならはったんどすわ。うちに先生ほどの覚悟があるかと問われれば、全くそんなことはなく、子どもは可愛い、夫と別れる気もないという甘ったれどすわな。そんなうちにはやはり町の教室のおしょさんがお似合いなんですわ。

うちは新垣の了解をとって、「藤間流教室」の看板を掲げました。もちろんその前にご宗家のお許しを得なくてはなりませんでしたが、こちらの方は紫先生がうまく話をとおしてくれはりました。

そして家の座敷で生徒さんに教えるようになりましたが、弟子の第一号は娘のあおいですわ。よちよち歩き出来るようになったら、「関の小万」のレコードをかけて振りを教えました。わけもわからず首を曲げてしなをつくるあおいは、そら愛らしかったんですが、筋がいいとは到底思えませんでしたわなア。誰に似たかわかりませんが、この子は運動もからきし駄目で、体がどこか鈍くさいところがありますんや。

こうしているうちに、弟子もぽつぽつ集まりまして、三年後には発表会を開きました。全くお恥ずかしい話どすが、この時も父の援助がありました。途方もない金を遣った新橋演舞場とは違い、今度は地味に地味にを心がけましたが、それでも四条烏丸(しじょうからすま)の産業会館にあるシルクホールですわ。「祥の会」と名づけまして、地方(じかた)さんは一流どころを揃えましたんや。清元(きよもと)は六人、長唄も六人、鳴物も同じく六人で、出演者は九人なんどすから、まあ、なんちゅう贅沢なことでしょう。

　紫先生は東京からわざわざ来てくれはったうえに、パンフレットにこんな一文を書いてくださりました。

「さて此度しばらく舞踊生活から離れて居りました藤祥さんが、何年振りかで舞踊会を開催する運びになりましたことは、寔(まこと)に欣(よろこ)ばしく存じます」

とあり、

「曾(か)つて東京新橋演舞場で、あれ程立派なリサイタルをなすった実力と、その偉大なバックをもつ藤祥さんの将来を私は、楽んでみております」

　これは少々の皮肉と励ましととれへんことはないですやろか。つまりあれほどのリサイタルをした者が、このようなおさらい会で終わったらあかんということです。京都では目をそばだてるような派手な発表会ですが、それでも昭和二十八年のあの度肝を抜くようなリサイタルと比べられるはずはありません。

それでもうちは満足していました。この会でうちは二人の名取りを出すことが出来たからです。紫先生がご宗家にお願いしてくれはったので、これによってうちはご勘気が解けたということになります。うちは二人の名取りと共に「四季三葉草」を踊り、最後の「文売り」で締めました。三歳になったあおいが「菊づくし」を踊ったのですが、まるで人形のような愛らしさだと皆が誉めてくれたものです。両親は大喜びで見に来てくれましたなァ。あおいを撮影するために専門の八ミリのカメラマンを頼んだほどです。

「祥子、踊りを続けたければやってもいいんやで」

とこの後父は言ったものです。

「何をやってもいい。お前が楽しそうにしていればそれでええんや」

おそらく父は、うちがそれほど幸福ではないことを見抜いていたんでしょうなァ。

新垣はあおいにとっては、本当によい父親でした。うちの替わりにPTAに行ってくれることもありましたし、娘の運動会にはすすんで行き綱引きをしたりします。けれどもうちは「石女」と長いこと言われ続けたことや妊娠した時に、

「ほんまに俺の子か」

と聞かれたことを忘れてはいませんでした。そのために夫婦生活もないようになりましたなァ。夫婦が男と女の営みをなくすと、それはぎくしゃくとしたものになります。うちらの場合、それに前妻の子どもたちとのことがからんでいたんどす。

結婚する時、

「子どもたちの籍はみんなあちらにいっている」

というのは嘘で、実は三人とも新垣の籍のままだったのでした。そのうちに次男の方が事故死して、新垣は自分を責めるようになりました。つまり自分が父親として近くにいれば、このように若死にすることはなかったろうにと思うようになったんどすわ。ですから自分の給料のほとんどは、前妻に送るようになっていたんどす。女中の給料まで払わされたゆうんですから笑ってしまいますわなァ。

ですから生活費ゆうたら、新垣からもらうわずかなものと、うちが叡覧荘の役員として貰う給料に限られてしまいます。

うちは初めてお金の苦労というものをしました。それを救ってくれたのはやはり父なのです。

「祥子のところは足りてるのか」

と母に尋ねたそうです。大原の家に着ていったスカートが、何べんか水をくぐったものだということに父は気づいたのだそうです。それからというもの、うちの給料にさらに上のせしたものが手渡されるようになりました。ひとり娘のうちに決してみじめな思いをさせたらあかんという父の考えなのです。

あの頃の写真がぎょうさん残っています。皆でピクニックや筍（たけのこ）掘りに出かけているのです。あおいと遊ぶことを、父はそれは楽しみにしておりました。ピクニックといっても、高齢の父のために車が二台仕立てられました。女中もついてくるという豪華なピクニックです。手の込んだ弁当のお重を開け、皆でいただきます。あおいがおませなことを言い、皆を笑わせます。新垣もそわそわとして慣れないジャケットを着ております。新垣は父のことを尊敬するあまり、前に出ると緊張するとよく申しておりました。

あの頃はほんまに日本の盛り、父の盛りという感じでした。オリンピックがあり万博がありましたなァ。新幹線が通って、高速道路が日本中に延びていきます。着物も帯も飛ぶように売れていく時代です。

父は七十代に入りましたが、この痩せた体からなんでこのような強い志と力が湧いてくるんか不思議なほどでした。昭和能装束五十作に挑んだことはもうお話ししたと思いますが、これはいずれ百作にして世界各地で公開するつもりだと新聞のインタビューで語っております。そして父が能と同じくらい愛していた相撲のために行司に二十五点の衣裳を贈呈し、これは大きな話題になりました。昭和四十二年には日本相撲協会より木戸御免に推挙されたのです。これは切符がなくてもいつでも好きな時にぶらりと見物に来てくださいというもの、いわば身内と認められたわけです。これほど父を喜ばせたかわからしません。昭和能装束五十点を完成させ、京都市美術館で展覧会を開いたんは、この年でした。この時はえらい評論家の先生もきてくれはって、

「能の新しい地平を開いた」

とお誉めの言葉をいただいたものです。

まあ、ほんまにあの頃の父の力に満ちていたことといったら、なんといってええんでしょうか。芸術の神さまというものがいてはって、その神さまが父の体を借りて精力的に帯や衣裳をつくったのと違いますやろか。

父は図案家と新聞の肩書きに使われることを、内心不満に思っていたはずどす。ええ、よう書いてましたなァ。芸術とは何かということをトルストイやニーチェの文章を引用していろいろなところで書いておりました。これはうちの考えですけれども、当時の芸術の基準というものに、深い疑問を持っていたのではないでしょうか。父の

つくる帯や衣裳は素晴らしいものでしたけれども、職人のつくるものは商いされるもの、芸術ではない、という考え方があの頃ははびこっておりました。絵画ならば芸術と呼ばれ、巨匠ということになるのに、女の体を包むものとなると一段低く見られることに、父は憤っていたんどす。着物をつくる人が人間国宝になるのは、最近のことです。それも織物や染色技術ということになります。父のように図案ですと、現在生きていたとしても人間国宝には至らへんかったはずです。

父はそうした不満ややりきれなさを能衣裳や行司装束にぶつけたのと違いますやろか。京都市美術館で行なわれた昭和能装束展も盛大でしたが、父をさらに喜ばせたのは、京都ロイヤルホテルで行なわれた行司装束の贈呈式だったかもしれません。昭和四十八年の春場所に間に合わせるため、父は毎日のように工場(こうば)に立ち会っていたものです。

昭和三十三年九月場所の二十二代木村庄之助(きむらしょうのすけ)さんからはじまって、二十九着の装束を父は贈り続けていたのですが、今回は新しい装束と共に横綱の化粧廻しもつくったのです。これは訪中大相撲の際、記念品として中国に贈呈するということが決まりました。相撲協会を代表して春日野(かすがの)理事、坂東(ばんどう)玉三郎さんも出席してそれはにぎやかなものでしたなァ。蜀江錦(しょっこうにしき)、八ツ藤文の装束は二十六代木村庄之助さんが着はりましたが、その立派なこと、華やかなことといったらありません。大きな拍手が起こり、父は何度も頭を下げていました。その目に光るものがあり、うちも胸がいっぱいになりました。父が倒れたのはそれからすぐのことです。

子どもいうんは、親がずっと生きていると思うもんどすなぁ。人はいつかは死ぬもんやけど、うちの親はふつうの人とは違う、いつまでもいつまでも元気でいるもんやと信じていますんや。

二度めの結婚もあんまり運がよかったといえへんうちどしたが、それでもじっと耐えていくことが出来たんは、やはり父親のおかげどすわ。

「祥子に不自由はないんか。ちゃんと金は足りてんのか」

といつも母親に聞いてくれていたんどす。そして京都で立ち上げた踊りの教室のことを、父はいつも気にかけていてくれました。老舗で、びっくりするような安い値段で、お揃いの帯をつくってくれたこともありましたなァ。

新垣との仲は相変わらずどした。阪神のコーチを三年でやめた後は、新聞の解説をぼちぼちしておりましたが、たいした金が入ってくるわけではありません。が、そのほとんどを新垣は前の奥さんに仕送りしてたんどすわ。その頃は奥さんももう再婚してたのと違いますやろか。たいしたお金持ちやと聞いてますわ。それでも新垣から金を送らせてたいうのは、とことん謝罪させようということでしょう。うちという女が現れたばかりに、子どもを連れて別れなあかんくなったんどすからなァ。そやけどあの頃新垣は、

「女房とはもう離婚するばっかりになっとる。あっちも早く別れたくって仕方ないんや」

と言い続け、うちもそれを信じておりました。後になってそういうのは男の常套句(じょうとうく)というのがわかるんどすけどなァ……。

まぁ、いずれにしても、あやふやなうちの結婚生活を、精神的にも金銭的にもしっかりと支えてくれたのはうちの父でした。その父が倒れたのは昭和四十八年の暮れのことどす。骨皮筋右衛門(ほねかわすじえもん)と呼ばれたほど痩せて、鶴のような姿をしていた父でしたが、実はとても丈夫で寝込むこともありませんでした。その父が脳血栓で倒れたんどす。今やったら人間ドックやらいろんなもんがあって、前もって血圧のことやら、頭の中やらがわかったかもしれません。そやけどあの頃は、人はめったに病院に行くこともなく、倒れてあわてて入院するんどす。

それにしても父はほんまに病院嫌いどした。入院ということになったら怯えてしま

って、母に呂律（ろれつ）のまわらぬ口で言うんどすわ。

「お前がずっと付いててくれるか。おっかあ、ずっとそばにいてくれるか……」

「あたり前やおへんか」

母は怒るように言いましたなァ。

「うちがついてますがな。うち以外にいったい誰が看病するんどすか」

ほんまにつきっきりの看病でしたわ。一ヵ月の間、病室の隅に簡易ベッド置かしてもらって、そこで寝泊まりしたんどす。いくら冬やゆうても、お風呂にも入らずちゃんと自分の食事もとらしません。父の方が見るに見かねてこう言ったんどすわ。

「祥子、おっかあ、ずっとついててくれるのしんどいやろうから、お前ちょっと替わってくれんか」

うちもそのとおりだと思い、母に言いました。

「今日はうちがついてるから、お母さん、ちょっと家に帰ってゆっくり寝はったらええわ」

そうしたら母がえらい見幕でうちに怒鳴ったんどす。

「何ゆうてんの。うちは生まれて初めてお父さんと二人きりになれたんや。こんな幸せなことはないんや。あんた、邪魔せんといて」

あんな母を見るのは初めてでしたなァ。でっぷり太って、いつもニコニコ笑っている母は、父のどんなことにも耐えてましたわ。何人も妾をつくって、女らに子どもが出来ても、母は父に文句ひとつ言いませんでしたなァ。それどころか何人かは引き取って育てている子もおりました。

うちは時々、

「お母さん、ほんまはお父ちゃんのこと、どう思ってはるんやろ」

と考えることありましたわ。男が女の人つくらはるのは、まあ仕方ないことどすわなァ。まわりのお人を見ても、お金や力持ってる男の人は、みんな女の人がいてはります。そやけどうちのお父ちゃんはちょっと度を越してはりましたわ。そやからうちは、母が心のどこかで父のことを恨んでいるんとちゃうやろかと考えてましたが、あの時、母の本当の気持ちがわかりましたわ。父のことが好きで好きでたまらんのどす。やっと自分のものになったと喜んでるんですわ。うちは母の中になまなましい女を見たような気がしましたが、その相手が父ならば、娘として嫌な気持ちはしませんなぁ。こんなに好き勝手して、それでもこれほど大切にされる父は、何と幸せな人やと思いましたわ。

一ヵ月たって父は無事退院しました。母はどれほど嬉しかったでしょうなァ。お見舞いをたくさんいただいていたので、あちこちに快気祝いを配りましたわ。

「体が本調子やないから」

ということで、二号のところには行かさしません。その頃は、父も観念したように母の言うままになっておりましたわ。

快気祝いと能装束百着の祝いを一緒にしようと言い出したのは母やったんとちゃいますやろか。

「お父さんのしはったことを、もっと皆さんに見てもらった方がええ」

と言うんどす。

世阿弥誕生六百年を記念して、父が能装束をつくり始めたのは昭和三十八年のことどした。まだ戦争の記憶を人がひきずっていた頃に、父は豪華絢爛(けんらん)な装束を世に送り出したんどす。この素晴らしさゆうたらありません。同じ柄で裂(きれ)をつくったんどすが、これは機屋さんたちが競うようにして買っていかはりましたなァ。資料として買うて、図案を同じようなものをつくれんかと、それこそあちこち調べるんどすわ。そやけど、同じものが織れるわけがありません。父が細かく指導しながら、西陣で最高の織師、山口伊太郎(やまぐちいたろう)さんに衣裳をお願いしてはりました。

まあ、これはどうでもいい話どすけどなァ、長男の伊太郎さんは百歳を越え、弟の安次郎さんも今九十半ばどすわ。織子さんというのは、あまりストレスがないんで長生きしはるのと違いますやろか。織りの名人と言われるお二人やから、そら、いろんなご苦労もあったと思いますが。けどうちの父は幸せどすわ。着物の斜陽を見ることなく死んでいったんどすからなァ。後に残されたうちらは大変どすわ……。だらだらと余計なことを申しました。やはりうちの父が亡うなった時のことを話すのが嫌なんでしょうなァ。

あれからもう二十五年たちます。こんな風にお話しさせてもろうてるんどすから、隠しごとをしてはなりませんやろ。

父の快気祝いを兼ねた「能装束百点」祝賀会が「つる家」で行なわれました。前回の五十点祝賀会が「富美翁」で行なわれたので、別のところがいいのではないかと、これまた母が言い出したのです。

「お父さんもまだ本調子やない。今回は身内だけでお祝いしましょ」

ということで招待客も五十点の時よりもずっと少なかったはずです。

それでも自分のつくった衣裳を大広間に飾り、多くの方々に誉めそやされた父はとても嬉しそうでした。

あの後何人かの弟子に言われたもんどす。

「あの時の先生、虫の知らせゆうんやないか。もうじき自分が死なはることわかって、あんな盛大な会を催してくれはったんやろか」

「つる家」と言えば、少し前にイギリスのエリザベス女王さまもお食事を召し上がった、京都でも一、二を誇る料亭どす。そこの大広間で七十人以上のお客を招いての宴どした。父のつくった百点の装束が紅白の幕の替わりでしたなァ。なんとも言えない豪奢な幕どしたなァ……。蜀江華文（しょっこうかもん）、鶴亀紋、金地花丸文……。あの美しい装束が浮かんできますわ。

父はお酒こそ飲まなんだものの、皆から祝福を受けてほんまに嬉しそうどした。

「先生、お元気にならはってほんまによかった。これなら二百点祝賀会いけますなァ」

という言葉にも、うんうんと頷いておりました。最後のお礼の言葉もはっきりしていて、

「帯は、衣裳は芸術です。そのことを世の中にもっと知らせるために、私はもっと気ばらなあかんと思ってます」

と自分自身に言いきかせるようでした。

その父が十三日後に息を引きとるなどというんは、いったいあの時誰が想像したでしょうか。

祝賀会の疲れが出たのか、父は高熱を出し近くの病院へ行きました。この時の当直のお医者さんが産婦人科のお人で、脳血栓やった人には絶対に打ったらあかん注射をしたんどす。低血糖によるショック死でした。後から、あれは完全な医療ミスだ、訴えなきゃいけない、とかかりつけのお医者さんからも言われましたが、あの時は茫然としてしまってそれどころやあらしません。うちが病室に駆けつけた時は、母が呆けたように父の枕元で座ってました。

「お母さん、しっかりせなあかんで」

と肩を揺すったとたんはっと我にかえり、

「お父さん、死なはったんや。死なはったんやで。いったいどないしよう」

とわっと泣き出したのです。まるで子どもが泣きじゃくるようで、こちらが途方にくれるほどでしたわ。そやけどしばらくたつと、母の顔つきが変わってきました。

「祥子、友美（ともみ）と陽子（ようこ）をお父さんに近づけるんやないで。絶対に」

友美と陽子というのは、二号と三号のことです。

「あんたとうちだけでお父さんをお清めしてあげよ。わかったな」

あわてて東京から三号が駆けつけましたが、母は死顔を見せようともしませんでした。そして彼女たちに向かってこう言ったんどす。

「あんたらの子どもは、お父さんの子どもやさかい親族席の末に座ってても構しまへん。そやけどあんたらはあかん。一般のお焼香しい」

本妻の威厳をもってそう言わはった時の母は大層綺麗に見えました。おかしな言い方かもしれませんが、

「うちのお母さん、こんな美人やったんや」

と驚いたくらいどす。

母の一生が幸せやったのか不幸やったのか、うちにもようわかりませんなァ。前にもお話ししたと思いますが、母は京でも有数の帯問屋「岸田商店」の娘(いと)はんどした。府立第二高女を出てますんや。母と結婚したことにより、父は支配人から養子のような形になり、岸田商店をそのまま受け継いだんです。父ほどの才能を持っていれば、いずれは世の中に出てきたでしょうが、この岸田商店がなかったら、もっと遅なったでしょうなァ。せやし母は父に対してもっと威張ってよかったのですが、そんなことはまるでありませんでした。父の激しい女遊びにもずっと耐えてはったんです。

「お父さん、うちのようなおへちゃ、本当はもらいたくなかったんや」

とひとりごちるように口にしたのを聞いたことがあります。母には小町娘と評判の高い器量よしの妹がいたんどすが、こちらはのんびりとしたお人で、とても家は継げません。ですから親が決めて姉の方、つまり母の方と結婚させたんどすが、母はそのことをずっと引けめに感じてたのと違いますやろか。中年を過ぎた頃からひっつめ髪にし、地味なものばかり着るようになりました。その頃からむくむく太り出した母は、しゃれっけも何もなく、ひたすら父の「おっかあ」に徹していたんどすわ。しかし父の死後は、見違えましたなァ。喪服を一分の隙もなく着て、立派に喪主の役目を果たしました。

新垣どすか……。あの時は何をしてましたんやろ。会社の者たちに混じってそれなりに働いてましたなァ。あの時はうちと同じ「新垣」という苗字どしたから、あくまでも「嫁いだ娘の夫」という立場どした。葬式の時は身のおきどころがなさそうどしたが、まあ仕方ないですわなァ。あんだけ立派な葬式は、京でもしばらくはありませんどしたわ。大原の家で密葬をやって、本葬は源光庵（げんこうあん）さんというお寺どした。社員や弟子に本当に慕われていた父でしたので、「先生、先生」と皆泣いてましたわ。市長さんはじめ京都中の機屋や呉服屋さんが来てくれはったんと違いますやろか。花尻橋（はなじりばし）のたもとまでお焼香の人が並んで皆でお見送りしましたわ。

四十九日が終わった頃、母が言いましたわ。

「夫に死なれたのと違う。兄弟に死に別れたんと同じや」

考えてみれば出会った頃、母はまだ少女やったんどすわなァ。丁稚として入った十四歳の父に会うた時から、この人に付いていけば間違いはない、と思うたんでしょうな。そして実家をどんどん大きくしてくれる父を、ほんまに頼もしく見てはったんどすわ。夫婦の愛、なんてひと言ではいえへんほど、いろんなことがあったはずどす。父が他に子どもを次々とつくった時は、母はいったいどんな気持ちやったんやろと胸が痛みますが、母も古い京都の女どす、

「甲斐性のある男に、女のひとりや二人しようがない」

と割り切ったはったような気がします。

その後も母は立派どしたなァ。二号と三号の子どもにきちんと遺産分けしたんどすわ。六本木トンネルの近くにあった妾宅も、そのまま三号の子に渡しました。あれなど今持っていると、どんだけの価値になるかわかりませんなァ。バブルの時などあの土地はひと坪二千万の値がついたといいます。

そしてな、信じられへん話やけど、四十九日終わった頃から、母は急速に弱っていって食べ物が喉を通らんようになりました。そして夏が越せんまま、七月にすうっと

息をひきとりましたんや。

あっけにとられる、っていうのはこういうことを言うんでしょうなァ。二月に父が亡くなったと思うと、七月に母の葬式を出したんどす。親しい人は冗談混じりにこう言いました。

「あんたとこの弔いは大変だったで。えらい寒い時と、えらい暑い時と一年に二回あったんやからなァ」

母の時はうちが喪主をつとめました。うちは五十歳で、世間的にいえば知恵も分別もしっかりついてあたり前やのに、ぼうっとしてるだけどす。いかにうちが両親から大切に守られていた世間知らずだったか初めて気づいたんどすわ。

それから後のことはよう憶えてませんわ。会社や社員のこと、遺産のことなどがどっとうちに振りかかってきましたなァ。ひとつだけ救われたのは、短かい間に母が、二号と三号の子どもたちの分け前をちゃんとしといてくれたことどすわ。おかげで、

「妾が遺産争いに加わる」

というお芝居に出てくるようなみっともないことはなくなりましたなァ。それから父は亡くなる三年前に、叡覧荘を「松谷」と社名変更し株式会社を強固なものにしてましたんや。株の多くを持っていたうちは、当然次の社長ということになります。社

員からも、

「祥さん、次お願いしますわ」

ということになったんどす。新垣は役員に名を連ねることになりました。

それからいろんなことがありましたなァ。もう父と同じようなことは出来ひんことはわかっていましたので、会社を縮小し何人かの社員に辞めてもらいました。いちばんつらかったのは、あの大原の家を売ることでしたわ。昭和五十一年の時でした。父が自分の美意識のありったけを込めて建てた邸どす。成金のような人には売りたくないと心に決めておりましたが、幸いなことに銀行や病院を持つ立派な方からお声をかけていただきました。今は近くに大きな病院が建っていますが、受付で頼むと紹介者がいれば見せてくれるはずです。

もう行かはりましたか。あそこにきのさんという人がいたはりましたやろ。昔から大原の家のことを何でもやってくれる人でしたので、買い手の理事さんにお願いしてひき続き雇っていただきましたんや。もう八十を過ぎているはずやのに、お掃除をすべてして、時々は空気を入れ替えてくれますわ。といってももう十年以上行っていませんが、用事で訪ねたその時大喜びして、

「お嬢さま、お嬢さま」

と呼ばれるのには閉口しましたがなァ。

大原の家を引き渡す時、中学生となったあおいと一緒に家をまわりました。門を入ってすぐのところにある高床式の書院は、戦前に李王殿下もお泊まりになったところどす。襖は昔のままでした。謡曲の「大原御幸」どすわ。「平家物語」のあの有名な箇所ですわなァ。壇ノ浦の戦いの後、ひとり生き残った建礼門院さんはこの大原の里で、仏門にお入りになっています。そうすると後白河院が御幸される。源氏側を応援した憎い相手どすわ。そやけど二人の間にいきかうものは、過ぎし日の思い出と、この世の無常なんどすわ……。うちは謡曲のことはまるでわかりませんが、内容ぐらいはわかります。

「それ身を観ずれば岸の額に根を離れたる草
　命を論ずれば、江のほとりに繋がざる舟」

と書かれた文字も読むことが出来ます。

「この世はすべて無常」

ありきたりですが、ほんまにこの言葉はうちの胸にしみましたわ。ついこのあいだまで両親がいて、この邸は人々のざわめきであふれてました。緋毛氈が敷かれた将机台が並べられ、家の中で酒や料理の用意が出来る頃、客たちが次々と車でやってくるんどす。たくさんの人たちから挨拶を受け、にこにこと笑っている父がいてます。その後ろでお手伝いさんたちに指図している母がいてます。ついこのあいだの出来ごとやったのに、まるで夢のように消えてしまったんどす。わずかな間に、父も母もこの世からいなくなったんどす。うちはいつのまにか泣いていたんですやろなぁ。隣を見ると、きっと正面を見ているあおいがおりました。

「お母さん、泣くことあらへん、うちがいつかきっとこの家、買い戻してみせるわ。お母さんがまたここで暮らせるようにしてみせるわ」

「まぁ、えらいこっちゃ！」

うちは笑いました。野球選手だった父親から顔だけやなく、性格もそっくり引き継いでいました。ほんまに負けず嫌いなんどすわ。けれどその時の娘の真剣なまなざしは可愛らしくいとしくて、うちはこの子さえいれば、何にもいらへんと思いました。石女と言われたうちが、こんなに大切なものを授かったんです。他に何がいるでしょうか。山の中のこんな大豪邸を、維持しろといっても、うちに出来るわけがありません。うちはあおいさえいれば生きていける。もう昔のことを思って、めそめそするんはやめよう。残った社員たちと力を合わせて「松谷」を守り立てていくんやと心に誓ったんどす。

そやけど時代はうちに少しも味方してくれませんでした。石油ショックの不景気のせいだけでなく、怖(おそろ)しいほどの早さで、女の人が着物というものを手放していったんどす。それでもバブルというものがあった時、京都の者たちはちょっと錯覚したんどすわ。この景気がずっと続くんやないかと。あの頃、お金があり余っていて、女たちはブランド品を求めるように着物を買わはったことがありました。そやけどそれは気まぐれで、必要にかられて着てるわけやないんどす。昔の人みたいにごくふつうのこととして、着物着たり、足袋(たび)履いたりする日はもう二度とくるはずありませんわ。そのことがわかってへん幾つかの問屋さんや呉服屋さんが、ビル建てはったり、不動産経営されたりしました。その結果バブルの終わりと共に由緒あるお店が消えてしまったんどすから、悲しいことどすなァ……。

「松谷」はどうしていたかというと、もうそんな力がなくなっていたことが幸いして、堅実な商いをさせてもらってきました。いや、堅実という言葉も違うかもしれませんなァ。何度かの綱渡りをうまくやりおおせたゆうのが正しいかもしれません。父が亡くなって二年たった頃ですが、新垣が自分が社長になりたいと言い出したのです。

「やっぱりこういう商売は、男が前に出た方がいいやろう」

というんが言い分どした。うちはそれもいいと思いましたなァ。女の身で社長をやるのはやはりしんどいことどした。実際の仕事は、父の代からの年季の入った社員や職人さんがやってくれます。プロ野球選手としての新垣の知名度はまだ衰えておりませんでしたので、それを前面に出してもいいと考えたのです。しかし新垣は、

「いや、俺は松谷強として社長をやりたい」

と意外なことを申します。これを機会に松谷の婿養子になりたいと言うのです。新垣がひとり娘のうちの婿として松谷家に入ってくれたらと、生前両親も願っていたに違いありません。しかし昔気質の父は、

「あんだけのスターやった人を、こっちの苗字に変えることは出来んやろ」

と気を遣ってはったんどすわ。そやけどなぜかあっさりと、新垣は、

「俺が松谷になった方が何かと便利やろ」

と言い出したんどす。この時の新垣の気持ちはようわかりませんが、結婚して以来、あまりにも偉大なうちの父の下で、静かに生きることに飽き飽きしてたんどすわ。だから父が亡くなって「お山の大将」になりたくなったに決まっていますわ。

あの頃よく雑誌の取材がありまして、

「あの有名人は今どうしているか」

という記事に、新垣は載るようになりました。普通の会社員や飲み屋の亭主になっている人の中で、社長は新垣だけどすわ。

「西陣の大きな帯屋の社長となっている」

と誇らし気に語る新垣の記事、お見せしましょうか。新垣はたぶん自分やったら、「松谷」をうまく切りまわせると思ったんでしょうなァ。

そやけど何度も言うように、時代は悪い方向へ行ってましたわ。バブル景気もいっときのもんで、着物はどんどん売れなくなりますなァ。帯の図案にコンピューターというもんも使うようになりました。女の人が着物着いひんのやから、いい帯なんてもんがわからへんのどすわ。

そやけどうちらは「松谷」の帯を守らななりません。展示会を小規模ながらも続け、そして十日町や博多へも営業に行きます。

父でしたら赤帽にすべて任せ、切符も自分で買わへんような旅どす。行く先々で「先生、先生」と歓迎され、図案は機屋が奪い合うように買うてくれました。

そやけどもうすべてが違うていましたんや。よく新垣は怒って帰ってくるようになりました。

「機屋がアホで話にならん」

とするとか、「松谷」の図案を値切ろうとしたり、見本を見てうまく盗作しようとすると怒っていました。

「そないなこと言うても、十日町のあっこは、昔からうちの図案でぎょうさん帯つくってくれたとこどすわ。そんな阿漕なことするはずないわ」

「そんならお前が行って来い」

売り言葉に買い言葉で、うちがいつしか営業にまわるようになりました。機屋さんの話をよく聞いて、あちらが欲しがっているもんを次は届けるようにしているうちに、少しずつ買うてくれるようにもなりました。

そのうち知り合いの機屋さんに頼んで「松谷」のオリジナルの帯をつくるようになりました。父の生きていた頃、創作帯をつくっていたことがありましたが、

「機屋さんと競争したらあかん」

ということでやがて図案だけになっていったんどすわ。けどこんだけ帯が売れへんようになったら、こちらも何か始めなあきません。うちの判断で古典柄の帯をつくり、展示会をしたところ思いの外売れたんどすわ。ずうっと続けてきた、踊りの教室の生徒さんらが買うてくれたことも大きかったでしょうなァ。京都のええところの奥さんやお嬢さんが多く、目の肥えてはる人たちばかりどす。

少しずつですが、売り上げが伸びていった時は、ほんまに嬉しかったどすなァ。うちは自分でもこんな商才があるとは思ってもみませんでしたわ。いつしか会社の者たちも、新垣よりもうちを立てるようになりました。父が逝ってすぐに社長になった時は、右も左もわからず、何をしていいかわかりませんどした。ですからついうかうかと新垣に社長を譲ってしまったと内心後悔いたしましたわ。

そういう気持ちは新垣にも伝わるんでしょうなァ。すっかりお飾りの社長となって、もう営業にも行きやしまへん。そうかといって、京都の同業者の集まりに顔を出すこともありません。仕方なくうちが行くようになりますと、今度は焼きもちどすわ。

京都の帯屋や呉服屋がらみの宴会ですと、酒が出るのはあたり前どす。下戸のうちですがビールの一杯も飲んで帰るとえらい騒ぎどす。

「女が酒くさい息吐いて帰ってくるとはどういうことや」

と怒鳴りまくりますわ。うちに手を上げんでも、そこらのものはよう投げましたなァ。

そやけどそんなことはいくらでも我慢出来ます。うちが許せへんことが起こったんどすわ。もうこんなことは、恥ずかしゅうて口惜しゅうて人に言いとうはなかったんどすけどなぁ……。父が心血を注いでこしらえたあの百点の能装束を、新垣は勝手に売り払っていたんどす。一着三十万という値段どしたわ……。あの美しい豪奢な装束を、たった三十万どすわ。

九

あの頃つらいことがあると、うちはよく「をどりの祥」のプログラムをめくったもんどす。

はい、昭和二十八年に、父がうちのために新橋演舞場で開いてくれたリサイタルどす。

うちも踊りの会にはいろいろ出かけておりますが、あれほど素晴らしいプログラムを、後にも先にも見たことがあらしまへん。写真をやたら載せるぶ厚いものはあるでしょうが、このプログラムは、木版画で一枚一枚大切に刷ったもんどす。青い地に、橙（だいだい）、黄色、茶の紅葉が本当に美しく、その上に父の字で「をどりの祥」とあります。

出演者も吾妻徳穂先生、先代中村吉右衛門さん、藤間紫先生、井上八千代先生と、目のくらむような方々が並んでいますが、このプログラムに一文を載せてくださった方々といったら、まあ、すごいもんどす。

日本の生花界に大旋風を巻き起こした勅使河原蒼風先生、杵屋六左衛門さん、画家の金島桂華先生らが文章を書いてくださっていますが、これは多分に父のつき合いというもんでしょうなァ。舞台装置もやってくださった勅使河原先生は、うちのことを、

「明るい光りのなかに、ぽっと咲いた椿の花」

と言ってくださってます。

この他にも、髙島屋社長の飯田慶三さん、表千家家元、国務大臣の大野木秀次郎先生、画家の東郷青児先生、京都市長と、まあ、考えられる限りの名士の言葉を集めてますわ。

たかだか素人の女のリサイタルに、ようこれだけの人をと今見ても驚いてしまいますなァ。そやけど、うちが何度も何度も読み返すのは、そういう有名人の寄稿文ではあらしません。うちの父が序文とは別に、最後のページに「父として」という長い文章を書いてますんや。

「六つのときの清元『お染』が祥子の初舞台でありました。上手から久松、花道からお染が同時に出ますので、久松の方へは若柳吉兵衛師匠が、お染の方は父の私がつくことになりました。裾をひいて小走に幕を出てゆくお染のトボ〱した危かしい姿に私まで花道七三まで出てしまひ、見物衆から大笑ひされてひどく恥しい思ひをしたことを覚えてをります」

うちの方もよう憶えています。師匠に教えられたとおり、小走りに出ていったらみんながどっと笑い、

「どうして笑わはるんやろ」

と、子ども心に悲しく腹立たしい思いをしたもんどす。

そしてこの中で父は、ここまでしなくてもいいと思うほどうちの過去を語っています。

「四年程まへ良縁ありまして養子を迎へ同時に踊りをやめさしましたが、不幸にも半歳もならない内に破鏡の悲運をかこち本人は痛く傷心して人生を清算云々の悲しい場面に追いこまれました」

その後、清元の太夫から、

「舞踊家となって人生の再出発をしては如何かとのお話を頂き」

「藤間宗家へ入門さして頂くことができました」

「今度はプロの舞踊家として再出発するのですからと事情をうち割ってお願ひいたしました所、快く御承諾ねがひましたので頂いた襲名をお返し申し上げ愈々踊りの初歩から勘十郎先生に御迷惑ながらお教へねがふことになりました。これが藤間藤祥の過去の芸跡であります」

父がこのようにくどくどと書くのは、おそらく京都という街を意識してのことでしょう。ただでさえ「出戻り」と陰口を叩くであろう京都の人々に、このように目をむくような会を披露したんどす。いったいどういう了見なんやろと身構える人たちに、父は腹を割って説明したんでしょうなァ。そしてこんな風に締めくくります。

「初瀬川賢弟より『清チヤンの親馬鹿チヤンリン』と囃されている如く全くその通りで開催に際して不都合があつてはならぬ、手落ちはないか、人様の気持ちを悪くしてはならぬと気をつけていますが、どうも容易にうまくゆかず各方面に御迷惑をかけて申訳ありません」

娘が悪く言われないようにと、父はここまで周到に気を遣ってくれているんどす。この日遣ったお金は半端なものではあらしません。が、うちはそんなことよりも、父が可愛いひとり娘のために、どんだけ心を砕いてくれたんか、それを考えるたび泣けて泣けて仕方ありません。

親の考えることゆうたらただひとつ、

「子どもが幸せになるように」

というそのことだけどすなァ。

こんだけ気とお金を遣うてもらったうちが、今、ほんまに幸せやろかとあの頃よく考えましたわなァ。

父と母が亡くなった時、娘のあおいはまだ十二歳どした。うちは新垣にこうゆうたんどす。

「うちは自分の母親がそうやったように、ずっと家にいる母親になりたいです。せめてあおいが十八になるまでは、会社はやりとうない」

「松谷」の株の大半はうちに譲渡されていましたし、社員のみなは、

「次の社長は祥子さんにやってもらわんと」

という気持ちやったでしょう。そやけどうちは会社をやる気などまるであらしませんどした。三十八歳でようやく生まれたあおいが可愛くて可愛くて、この子をおいて会社をやるなんていう気持ちはまるであらしまへん。あおいは中学受験も控えてましたし、ここで母親の出番やと思うたんどすわ。

それでとりあえずうちが社長に就き、新垣は専務となったんどす。

「まぁ、野球やってた者が、女の帯つくるゆうのも奇妙な話やが、なんとかなるやろ」

そやけど今考えると新垣もうちも、世の中を甘くみてたんでしょうなァ。

両親が亡くなった昭和四十九年ゆうんは、ほれ、長嶋さんが引退した年どすわな、日本中が大騒ぎして、新垣は内心思うところがあったのと違いますやろか。

その四年前に大阪万博があって、日本はずっと上り調子どしたなァ。ふつうの人もどんどん海外旅行行かはって、そしてあちらのデザイナーのものもどっときましたわ。

ピエール・カルダンだの、ディオールだのそら大層な人たちの洋服がデパートを飾って、タオルやらスリッパやらも出来ましたやんか。

あの頃から急に日本の女の人は着物着いひんなりましたなァ。京都市やら組合やらでいろんなことやりました。女優さんに着物着てもろて映画とタイアップしたり、若い人のための着付け教室をつくったりしましたわ。

そやけどなァ、人の習慣というもんはどうしようもありませんわ。このうちにしてもふだん着は洋服どすわ。昔は「アッパッパ」と呼ばれたワンピースを夏に着ましたらな、もう着物なんかよう着られませんわ。南座（みなみざ）の初芝居には、京都の女たちがええべべ着て競ったもんどすけど、いつのまにかスーツやワンピースだけになりましたわ。

新垣はそんな時に「松谷」の役員になったんどすから、いろいろつらいことも多かったんでしょうなァ。えらいプライドの高い男どすから、最初は何も言わへんかったんどすが、すぐにうちにあれこれ尋ねてくるようになりました。

「夏帯の受注が三割減やが、どうしたらええ」

「福原（ふくはら）織物さんは、ついに廃業するようや。うちのお得意さんや、どう挨拶したらええんや」

「受注会なァ。料亭でやるのはもうきついんやけどなァ……」

そのたびにうちが答えたり、対応をしますので、社員もいつしかうちを頼るようになりました。社員ゆうても、もうその頃は何人もやめたり、やめてもらったりして四十人という淋しさどすわ。その中でもうちは職人さんを大切にして昔どおりのお給金を払うていたんですが、新垣はこれに反対しました。

「美術学校出たての若い子に、すぐ仕事覚えさせたらええがな」

確かに京都市立芸大や、大阪の美術学校出たばかりの人が何人もおりましたが、それは父が存命やったからどす。あの人たちは弟子として父から学びたかったからこその薄給どす。父の死と共にそういう方々もやめてもらったので、うちに残っているのは熟練の職人さんたちどす。父が長年にわたって指導し一人前にしてきた職人さんに、それこそちゃんとせなあかんはずですのに、何にもわからぬ新垣は、給料減らせ、社会保険もいらんやろと言いたてます。うちは間に入ってどれだけ苦労したかわからしまへん。

新垣が自分の姓を「松谷」にしろ、と言い始めたのはそれから十年以上たってからです。名刺が松谷になっていないと、取引先から信用されないと言い出したんどす。

これはおかしな言い分どしたなァ。なぜかと言うと、名刺交換した相手から、

「あんたさんひょっとして、阪神にいた新垣選手どすか。まさか……」

と言われるのが何よりも好きだったのですから。うちがそのことを指摘しますと、

「仕事ん時は新垣を使うけどな、ほんまの苗字は松谷でええんや。本当の苗字は松谷やと重みが違うからな」

とわけがわからぬことを言いました。どうやら名刺を相手さんに渡す時、

「ほんまは松谷どすけどな……」

と断わるのを常にしていたようどす。

しかしあの人商売には向いてへんかったんと違いますやろか。そら一生懸命やってはくれてましたが、スターさんやった時の意識はなかなか抜けるもんやおへん。相手先で失礼なことを言われたと喧嘩になったこともありますし、出来もしいひん納期や値引きを引き受けたこともありますなァ。そのうちに、

「もう時代が違うんや」

というのが口癖になりました。

「お父さんの生きてた頃は、女が着物着てるんがふつうやったんや。そやけど今見てみい、京都の女かてめったに着物着んようになったやんか。二十年前なら、女がスカート買うみたいに帯買ってくれたはずやが、今は特別のうんと気張らなくてはならんもんや。だから売るのにこないに苦労せなならん」

それはそうかもしれませんが、ただ手をこまねいているばかりでは「松谷」は潰れてしまうやおへんか。

「なら売れる帯つくりましょ」

うちは申しました。

これは父の晩年近くのことですが、京都の西陣、室町で行なわれていた分業制は次第になくなっておりました。図案家、紋紙をつくる紋屋、そして織元と分かれていた

のですが、今は帯を織る機屋でいちからやるようになりましたんや。今思うと、図案だけでひと財産つくり、御殿を建てた父のことが夢のようどすわ。そやけどもうそんなことも言っておられません。うちも図案家としてではなく、機屋として売れる帯をつくることが肝心どすわ。これについては「松谷」には大きな財産がおます。そうどす、能装束百点をつくらはった父の技術が唐織（からおり）に生かされてるんどすわ。うちは職人さんらと相談して、新しい唐織をつくってきました。えっ、あんたさんは唐織のことがようわからんと。見たことはありますやろ。そうどす、帯の中でいちばん豪華な格調高いもんどすわ。

もともとは中国から伝わったもんどすけどな。室町の終わり頃には京で織られてたといいますなァ。将軍の御台所（みだいどころ）さんや大名の奥方さんがこの唐織で打ち掛けをつくらはったゆうことどすが、いったいどのくらいかかったんでしょうか。この打ち掛けがだんだん帯になっていくんですが、衣裳として織られるのは今は能装束だけどす。いかに父が大変なことを成し遂げたかようわかります。

唐織は錦地（にしきじ）を織りながら太いよこ糸で文様を織っていきますんや。ですから文様が浮き上がって刺繍のように見えますがまるで違うもんどす。立体感がありまして、そらあ映えますなァ。たて糸を織る生糸は練りをかけずに天然の成分を生かしますので、見た目よりもずっと軽いんどすわ。錦の帯もそら華やかなもんどすが、この立体感ゆうんやったら唐織が上かもしれません。それから綴織というものもありますんや。西洋のゴブラン織ともともとは同じもんどすなァ。これは爪をのこぎり状に削って織っていくんどす。人間が自分の爪で絵を描くように織っていきますんで袋帯といったらそれは高価なもんどす。高いもんどすが、こちらは平らな分、錦や唐織に比べると趣味的といえますなァ。

とはいえ、うちの父が昭和十四年に松坂屋の展示会に出品したものは、本綴の丸帯どすわ。戦時下、帝国国民の美の真価を問うものとしてつくったもんどすから、そら大変な張り切りようどしたなぁ。綴で丸帯やなんて、今は引き受けてくれる職人さんもおらんはずどす。紅梅と青海波が描かれたあの帯は、確か財閥のご令嬢の手に渡ったのと違いますやろか。その財閥は戦後解体されたはずどすが、あの帯は焼けることなく無事に残ってますやろか。もしこの世にあるんでしたら、確実に美術館に行くもんどすなぁ……。

話が長くなりました。年寄りの癖どす。堪忍しておくれやす。うちは職人と相談して、うちの唐織の何点かを少しずつ変えて売り出すことにしましたんや。父が昭和三十三年染織工芸院創作帯としてつくっていたものの中に「菊枝丸文」がありましたんや。古くある能装束からとったもんどすが、菊の花で鞠(まり)のような丸が出来てます。これを現代風に色を変え、丸を少し小さく可愛らしくしたらとても売れましたんや。それから父の昭和能装束の中から「蜀江華文」をうちは選びました。この幾何学模様が、うちには、ピエール・カルダンさんのデザインしたものにも似ているような気がしたんどすなぁ。ですから八角形の蜀江を小さくして色を少しおとなしくしましたら、そらモダンな帯になりましたわ。これは東京でよう売れたと聞いてますわ。あの頃急に出てきたニューキモノにもよう合(お)うたんどすなァ。

会社の者たちも喜んでくれましたわ。

「さすが祥子さんや。先生の血を引いてますんや」

と誉めてくれる人もいましたが、うちはそれよりも少女の頃より贅沢なおべべを着せてもらっていたことが大きかったと思いますんや。いずれにしても「ようやった」と誉められるのは、商売人としてええことと違いますかなァ、うちはこの頃、毎夜のように裂(きれ)見本や美術本を手にとってあれこれ研究しましたんや。日本の織というのはほんまに美しいなぁとしみじみ思いました。そして父の気持ちが少しわかるような気がしました。

「わしは芸術家だ。織るということは立派な芸術や」

という言葉が身にしみましたんや。そしてまわりの者たちの勧めもあって昭和六十一年に「二代目松谷鏡水」を名乗りましたんや。この年に新垣を「松谷」の社長といたしました。新垣が営業、うちが鏡水として制作面を担当しようとしたんどすけど、お話ししたとおりうまくいきませんでしたなァ。うちが十日町や博多の出張に出向くようにもなりました。踊りの教室ともやってましたから、こら、かなりしんどいことどしたなァ。

いちばん嬉しかったんは、娘あおいが「松谷」の経営に加わってくれたことどすわ。同志社大学を卒業したあおいは、しばらく京都府立医科大学の研究室で、助手のアルバイトをしていましたんや。ちゃんとしたお勤めをするならともかく、なんでお医者さんの研究室に勤めたかようわかりません。

「あおいちゃん、医者と結婚したいの」

と聞いたら、まさかと笑っておりました。

「もしそうやったら、お医者さんからの縁談はいくらでもあるで」

大学に行っている頃から、見合いの話は幾つか持ち込まれておりましたが、本人にその気がまるでなかったんどすわ。

「結婚するのもいややや、そやけど家を継ぐ気もないわ。ただのんびりとやってきたいだけ。今の職場は紹介のアルバイトやから気が楽やわ、仕事もたいしたことないし」

と呑気なことを言っております。

「そんなら、お母さんの出張、カバン持ちでついてきてよ」

と誘ったのが始まりどす。

まぁ自分の娘のことを自慢するようで気がひけますが、あおいはいろいろな交渉を実にてきぱきとやってくれますうえに、ものを見る目も確かなのです。

「お母さん、あそこの問屋さん、趣味がようないわ。早晩傾くのと違う、うちとこの帯を置いてもらっても仕方ないんとちゃう」

などとつぶやくと本当にそのとおりになりました。あおいはいつしかこんなことを言うようになりました。

「もう着物を着る時代やないのはようわかってるわ。そやけど着物や帯がなくなるはずはないやんな。京都のうちらだけでも生き延びて、ちゃんとしたもんをつくらななをらんと思うわ。これはうちの家業やしね」

そしてアルバイトをやめ、うちの右腕として働いてくれるようになったんです。

そうなると面白くないのは新垣です。酒が飲めない新垣は、京の旦那衆としてのおつき合いも出来ひんのです。

「うちのお父さん、おかしいんちゃう」

とあおいが言い出しました。

「出張ってことで、このあいだも金沢行ってるし、この時経理の関さんから、かなりのお金を出させはるんよ」

相手は河原町のデパートの店員さんどした。松谷の展示会をやった時に仲よくなったんでしょうなァ。相手が素人の娘さんということで、うちは大層ショックを受けました。うちの父も女にはだらしない人でしたが、相手はみんな玄人ばかりどす。父は口に出しては言いませんでしたが、

「金と力がある男が、他に女を持つのはあたり前やろ」

という気持ちが確かにあったはずです。戦前の京都にはお妾さんを持つ男の人はいくらでもいました。うちの母も父の女遊びには諦めの境地やったと思いますが、その中にひとつの救いのようなものがあるとすれば、

「相手はお金でどうにでもなる芸者」

ということだったに違いありません。愛だの恋だのとややこしいことを言わずにお金で解決できる相手やったからこそ、母もなんとか心をたいらにして許せたんでしょうなァ。

あおいや他の人からいろいろな証拠をつきつけられても、うちはしばらくぽかんとしたままでしたわ。

「うちの人に限って……」

とたいていの奥さんがそう言う気持ちは、決して愛情からやないと思いますわ。

「あんな気むずかしくて嫌な性格の男を、好きになる女がいるはずはない」

というのが正しいんやないでしょうか。

こんなことをあまりお話ししたくないんですが、新垣はよく暴力をふるいました。自分の言っていることが通らないと、

「黙れ、うるさい」

と人の肩を押したりはたいたりします。本人はちょっとした懲らしめのつもりかもしれませんが、元プロ野球選手の腕力でやられると大変なことになります。一度など骨にヒビが入ったことがありましてなァ。この時はあおいが新垣にはっきり言ってくれました。

「これ以上やると、うちはお母さんと一緒に出ていくからね」

あれほどパパっ子だったあおいが、今ではすっかりうちの味方ですわ。そのことがやはり面白くないんでしょうなァ。

「あいつにいったい何を吹き込んだんや。余計なことを言うんやない」

とひっぱたかれるのは目に見えております。今やったら夫婦のことでも問題になるんでしょうけどなァ。まだ昭和のことどすわ。会社や家のことを考えると、女がじっと我慢しなくてはなりませんのや。

そのうちに新垣は女と別れた気配どすわ。どうやら女の方が、我儘で偏屈な男にすっかり嫌気がさしてしまったようどすわ。

その時、うちらはまだ気づかへんかったんです。女との逢瀬や別れた家族のためにお金が必要で、あの父の昭和能装束を売りはらっていたことをどす。

十

あれは確か昭和五十年のことと思います。そうどす間違いありません。ベトナム戦争が終わった年どす。テレビでも新聞でも大騒ぎどしたなァ。

それよりも昭和五十年という年をどうしてそんなに憶えているかというと、日本ハムとその頃あった太平洋クラブライオンズとのオープン戦で、初めて指名打者が打席に立ったんどすわ。

「おかしなことしやがる」

新垣はスポーツ新聞を、ばさっと音をたてて閉じました。

「守って打てて、それで初めて野球選手ってもんだろ。打つだけ専門なんて、そんないじましいこと誰が考えついたんや。こんなもん通る世の中、これからどんどん悪くなってくで」

あの頃もう着物の衰退は始まってましたんや。

戦後のベビーブームゆうて、戦争から男の人が帰ってきはって、子どもがどんどん生まれた頃がありましてなァ。あの人らが成人式を迎えた頃が、戦後のうちらのいちばんいい頃どした。みんないっせいに振袖をつくってくれましたんや。それも今みたいに、安もんのぴらぴらのものと違います。親ごさんが気張って何十万もするものをあつらえたはりました。それからそのお嬢さんたちが二十三、四になるとお嫁にいかはります。今の方にはわからへんかもしれませんが、お嫁入り道具として、簞笥の中にぎっしりと着物を入れるんがあたり前やったんどす。洋服ばかりのお嬢さんでも、留袖に訪問着、小紋とひととおり揃えました。

「子どもの小学校入学の時の着物」

と親の方が先々まで考えてやりました。それのピークが昭和四十八年頃やったんどす。

人の気持ちとか、時代の気分ゆうのは、なんであんなに変わるもんでしょうかなァ。オイルショックゆうのがあり、不景気が日本を襲います。生糸の値段が上がって、着物の値段も上がりましたわ。そうなりましたら若い人たちや親の間で、

「成人式の時は、振袖じゃなくて洋服でいい。その替わり車買ってほしい」

「着ることもない着物を、嫁入りの時にひととおり揃えても仕方ない」

合理的と呼ばれる考え方が拡まっていったんどす。

まあ、言ってもせんないことどすわ。とにかく着物や帯をあたり前にふつうに買うてもろうてた時代はこうして終わっていったんどすわ。そして必要ないけれども、しばらくは見栄や習慣でみんな着物を揃えてくれはりましたが、それもしまいや、ということなんでしょうなァ。

まあ、店の経営は次第に悪くなっていきまして、新垣は焦っていたに違いありませんわ。別れた奥さんや子どもさんに、毎月かなりの額を渡していましたし、新しく出来た女子（おなご）さんにもいい顔をしたかったんでしょうなァ。

うちが福岡の出張から帰ってきた時のことでした。専務の岡本（おかもと）が話がある、と言ってきたんどす。

「今度のこと、副社長はご存知なんですか」

　昨日新垣がトラックを乗りつけ、うちの倉庫から能装束を運び出したというのです。

「まさか……」

「ほんまどす。このことは副社長さん、ご承知ですか、とお聞きしても黙ったままでした」

　うちはさっそく新垣に詰め寄りました。

「知ってる美術館が、ちょっと貸してくれっていってきたんだ」

「そんなあほなことがありますか。いったいどこの美術館どすか。うちに勝手に持ち出すやなんて、そんな非常識なことありますか」

「うるさいわい」

　新垣はうちを睨みつけました。

「うちの商品持ち出したわけやない。あんなもん倉庫の中で場所とって困るだけや。わしが整理してやったんや」

「そんな……」

　へなへなとその場に座り込んでしまいました。父が心血をそそいで創作した「昭和能装束」を、新垣はどこかに売ったらしいのです。やがて気を取り直したうちは、行先を確かめようとしました。今ならすぐ取り戻せばいい。

「あんた、どこの美術館どすか。教えてください。すぐに買い戻しますから」

「今さらそんなことが出来ると思うか。わしが恥をかく」

「そんなことどうでもよろし。あれは松谷の宝どす。父の形見どすわな」

むしゃぶりつくゆうのはああいうことを言うんでしょうか。うちは我を忘れて新垣のぶあつい胸板にこぶしをうちつけていました。

「返しておくれやす。あんた、盗っ人と同じや。返して」

「なんやと」

その瞬間、すごい勢いでつきとばされました。その時に飾り棚にしたたか腰をうちましてな、一ヵ月ぐらいは杖をついてました……お恥ずかしい話どす。

「もうええよ」

とあおいは申しました。あれだけ父親が好きな娘でしたのに、全くのうちの味方になっていました。

「こんだけお母さん、我慢しはったんや。もうええのと違(ちゃ)う」

それやのにあの後も二十年以上我慢したのはいったいどういうことなんでしょう

か。一度だけでなく二度も離婚することがはばかられたんでしょうか。いずれ起こる娘の縁談のために耐えようとしたんでしょうかなァ。

能装束のことどすか。必死に手をつくして美術館をつきとめました。丹後(たんご)の収集家の個人美術館どすわ。前にもお話ししたと思いますが、新垣は装束をたった三十万円で売り払ったんどす。いろいろ交渉してうちの方でなんとか三十数点買い戻しました。

ほんまになんで離婚せえへんかったんでしょうかなァ。今うちが短気起こせば、この装束も散らばってどこかに消えていくかもしれん。そんな思いがあったのは事実どす。

そやけど思えば、新垣は元の苗字に戻りましたし、あおいも結婚をいたしておりません。ほんまになんでこないに我慢したんでしょうかなァ。われながら不思議でたまりませんわ。

十一

野球選手というのは、案外長生き出来ないもんや。

みんな若い時から無茶な体の使い方をし、神経をすり減らしている。嘘やと思うなら一度あんたもバッターボックスに立ってみればええ。いかにこちらの気持ちを逆撫でしようかと、知恵のありったけを使って男たちが野次る。そんな中で心を集中し、体中の筋肉をぴりりと緊張させて静止する。そして一点を見つめる。あれを一回でもやってみい、まあどんだけ野球選手がしんどい仕事かわかるはずや。嚙みしめた奥歯はボロボロになるぐらいや。そのしんどさを忘れるために、野球選手は浴びるほど酒を飲むんや。

今の野球選手はみんな利口になって、自己管理やら栄養学やらむずかしいことを口にして、ちゃんと自分の体を守ってる。しかし昔の選手はそんなもんやなかった。そりゃあ、プロの選手やから自分の体のことは気をつけて、少しでも長持ちするように考えたりもする。そやけど試合終われば、いくらでも阿呆なことをしたもんや。そりゃたくさんの武勇伝があるで。酒くさいにおいをぷんぷんさせて、女郎屋から朝帰りする者などいくらでもいた時代や。

わしは酒が全く駄目な体質や。下戸やから人のつき合いも悪い。阪神の新垣といえば、まるで面白みのない無愛想な奴だと言われているやろな。解説の仕事もうまくいかなんだ。この頃の野球選手ときたら、たいした成績も残せなかったくせに、ペラペラロのうまいのがようけおる。中にはタレント顔負けの口が達者な者もおる。が、わしには到底無理な話やった。もっとうまいことを、もっと早よ言わないかんと、ラジオの仕事の後は大反省や。そんな時酒が飲めたらよかったんやろうけど、ビール三口で真っ赤になる性や。色気のない話だが、大好物の饅頭や大福にかぶりつく。おかげで四十過ぎで糖尿病と言われた。そのうち心臓も肝臓も腎臓もすべて悪くなってきたのには驚いたわ。ひとつ悪いところ出ると、ドミノ倒しのように他のところもガタガタになっていくんや。そして最後は癌や。

心臓がもうあかんようになって、弁膜症の手術を受けた。あの時はしんどかったなア。だがなんとか退院ということになって医者は言ったもんや。

「あと十年は大丈夫。保証しますで」

それからちょうど十年や。ぴったり合ってるもんや。ここらでもうしまいやなァと自分でも思うとる。七十七歳という年齢やからもう充分かもしれんな。

前にも話したと思うが、わしの年齢やと多くが戦争でやられとる。あの有名な沢村もそうやが、もし生きとったら名選手、名監督になった男たちが、フィリピンやら南洋やらで命を落としとんや。

戦争終わってすぐに神宮球場に集まった時の嬉しさは今でもよく憶えとる。あれは三ヵ月後の昭和二十年十一月二十三日。いくら惚(ぼ)けとってもこの日は絶対に忘れることはないやろな。

みんなで肩を叩き合ったわ。そりゃ長いことろくなもんを食っとらんから痩せて薄い肉や。それでもな、ちゃんとその肉の下に筋肉がある。プロの野球選手同士やったら確かめることが出来る。長いつらい戦争の間でもこいつらはどうやってこの筋肉を保ってたんやろ、と思うとじいんときたな。

鶴岡一人(つるおかかずと)に大下弘(おおしたひろし)、千葉茂(ちばしげる)、藤村富美男なんかが西軍、東軍に分かれて戦ったんや。ここの近くには、外苑陸上競技場があってな、戦争中学徒出陣壮行会が行なわれたとこや。あんたのような若い人は知らんやろうけど、昔は大学生や高等学校専門学校行ってるもんは、エリートやから戦争行くの後まわしにされたんや。それがなァ、昭和十八年にはもうにっちもさっちもいかんようになってな、文科系の学生はみーんな戦争行かされることになったんや。神宮外苑でな。えらいどしゃぶりの雨が降る日やった。ラジオで中継してたのを憶えとるわ。

宮城(きゅうじょう)までパレードしてな、こん時に訓示たれたんがあの東条英機や。そうや祥子の父親が私設秘書務めたあの首相や。

東条が裁判で死刑言いわたされてな、しばり首になったのは知ってるやろ。あん時は、お義父さんも祥子もずうっと仏壇で祈ってたらしいわ。

「やっぱり立派な人やったわ。すべての責任とって死にはったんやから」

とお義父さんは言ったが、わしはそうは思わん。そらそうやろ、あの人のおかげで日本人がどんだけ死んだかわからんぐらいや。神宮外苑で、ぬかるみ歩いて行進した学生も大半は帰ってこんかったやろな。その張本人が東条や。

わしらは幸せな方や、生きてまた神宮球場で野球をすることが出来た。米子中学で兄弟みたいに過ごした仲間の中に、三人も死んだ奴がおる。甲子園行った時の二塁手でトップバッターの湯本芳三(ゆもとよしぞう)なんか生きてたら、きっとプロの世界で活躍してたはずや。それがフィリピンで戦死や。どんなにつらかったやろな。後で南方から帰ってきたもんに聞いたことやがな、戦死ゆうても終わり頃はもう鉄砲も手榴弾(しゅりゅうだん)もないんやて。戦って死ぬんやない。たいていが病死か餓死(がし)ゆうんやからむごいことや。どんなに日本に帰ってきたかったやろな、家族に会いたかったやろなと考えると、わしは涙が出てくるわ。

死んだ湯本は気がいい奴でなァ、わしがささいなことで監督に怒られて、グラウンド三周や、なんて言われた時、一緒に走ってくれたことあったな。そしてな、こうささやくんや。

「ツヨシ、わしらが甲子園で優勝するやろ。ほいでな、監督胴上げするふりするんや。そしてな、あいつどさっと地面に落としたろ」

あいつというのは監督のことや。そう言ってわしを慰めてくれるんや。わしも、

「ええなあ、そうしようなァ。そん時はユヨシ、お前が音頭（おんど）とるんやで」

なんて言ってなァ。米子は夏、案外暑いとこでなァ、汗で顔をぐちゃぐちゃにしながら、野球小僧が二人しょもないこと言いながら走るんや……。

すまんなァ、年のせいですっかり涙もろくなってしもうたわな。そやけどユヨシはフィリピンのどんなとこで死んだんやろか。わしはな、もうじきこの病院のベッドで死んでくはずやが、ユヨシに比べたらずっと幸せっちゅうことなんやろな……。

あの大原の邸（やしき）に行った時の驚きは、今でも憶えとるで。今みたいに漬け物屋も土産物屋もない、古い店があることはあったがみんなほとんど商売してなかったような気がする。

山道をくねくね上がっていくと、突然あの大豪邸が見えてくるな。支那（しな）にあるみたいな門も見える。そこをくぐると広い庭があるなァ。後ろの山を借景にして、よう手入れのいきとどいた芝生がひろがっとるわ。川も流れてて日本庭園もある。そこに緋（ひ）

毛氈(もうせん)敷いてしょっちゅう宴会があったんや。

全く驚いたで。昭和二十六年の話で日本はもう落ち着いとるというたってな、東京や大阪ではまだ浮浪児もおったし、いたるところで傷痍(しょうい)軍人がアコーディオン弾いてた。そんな時にな、京都の料亭から魚や牛肉を運ばせとんのや。秋になると庭で松茸と牛肉のすき焼きもやったな。酒もたらふくあったし、街から芸妓や舞妓もやってきた。

祥子は真っ白いワンピース着て、庭をひらひらと歩いとんのや。祥子に聞いたことがある。戦争中はどうしてたんやと。そうしたらこう答えた。

「いつも白いお米食べてました」

いくら焼けんかった京都でもそれはないやろと信じられなかった。祥子が言うには、同和報国会やらいろんなところから食料品はちゃんと届けられたらしい。それはそうやろうなァ。あれの父親というのは総理大臣の私設秘書をしていたんやから。

あの頃の日本人で東条英機を好きな者(もん)は一人もおらんやろ。そらそうや。何度も言うけどな。あの髭(ひげ)の小男のせいで日本はえらいめにあった。たくさんの男が戦地に行かされて死んだんや。残った女や子どもたちも、餓えて泣くか空襲にやられて死んだんや。そんな最中も祥子の家族は、

「何の不自由もしなかった」

と言うんやから驚くな。祥子は得意気にこう言うたもんや。

「東条さんは戦後よく大原に遊びにいらっしゃいましたわ」

これは祥子の記憶違いと思ってたが、十二月に巣鴨に入るまでに、何回か大原に来ていたらしい。

東条というのはえらい堅物で、芸者というものが大嫌いやったそうや。大原の邸に来る時はわざわざ電話で、

「今日は芸妓がくるか」

と尋ねたというから念の入った話や。芸妓が入るというと来なかったそうや。

「秘書の人二人と、大学野球部の人と来はった時やわ。野球部の人がうちに言うんやわ。さっちゃん、わしのパンツの紐が切れたから縄を持ってきてくれんか。うちは縄を探して素直に持ってってたら、東条さんなんやお笑いになるの。パンツの紐切れたからって縄で縛らんって。うちは東条さんみたいなお堅い人でも冗談に笑わはるんやなァってよう憶えてるわ」

つまらん冗談や。総理大臣ともあろうもんがなんでこんなことを笑うのかほんまにわからんわ。

とにかく松谷の家は時の権力者にしっかりと守られていたんや。松谷の父が戦争中したことについて、今でもいろんなことを言う人がおるなァ。東久邇宮（ひがしくにのみや）さんの日記にも松谷の名前が出てくるとノンフィクション作家に教えられたことがある。私設秘書というても情報活動のようなことをしていたらしい。

祥子は女やから大雑把なことしか言わない。

「東条さんに頼まれて、支那のいろんなとこ飛び歩いてたと聞いてますわ」

これは、戦後随分たってお義父さんが死んでから、ノンフィクション作家ゆう人がやってきてな、いろいろ聞いてったわ。なんでも東久邇宮さんの日記の中に「松谷鏡水」の名前が出てくるんやと。戦時中に宮さんと会って、お義父さんはいったい何を話したんやろ、すべてが謎のままや。

そしてな、戦争中も大原の邸には、米やたくさんの食料が運び込まれたというわな。あの頃、

「何の不自由もしなかった」

という人間にわしは初めて会うた。それが祥子やったんや。焼けんかった京都という街もそうやが、この大原の邸も特別や。戦争なんかまるでなかったようなんや。おそらく戦争中も祥子は、真っ白いワンピースを着てふわふわ歩いてたんやろなァと思

うわ……。

なんちゅう不公平なことやろなァ……。

そやけどわしはな、この白いワンピースを着た女に、すっかり心を奪われてしもたんや。うちの女房とはまるで違うわ。女房はもともと不器量な女やったが、戦争の苦労で見るかげもない。ちょうど年子の男の子がいたから、髪はぼさぼさ口紅ひとつ塗ったこともない暮らしだった。祥子とは月とスッポンや。

そやけどいくらスッポンやゆうてもな、三人の子どもがいる女房を捨ててしもたんやからわしはどうしようもない男や。いろんなことを言われても仕方ない。

次男のことはまだ話してないなァ……。早死にしたって聞いてるやろが、あれは病気やない、オートバイ事故や。

わしは結婚が十九の時やったから、二十一歳の時にはもう子どもがいた。次の年には次男も生まれた。昭和十八年になるやろな。そん時は嬉しかった。戦時中のことやから、男の子をつくらんと肩身が狭い。それがあっという間に二人の男の子を授かったから、わしもすっかり「皇国の父」のような気分になったもんや。

「勉強させて一人は海軍兵学校でも入れるか」

なんて女房と言ったもんや。海軍兵学校はあの頃の男の子の憧れでな。頭も体もよくなくては入れん。江田島にあってきつい訓練するが、あの白い制服で家に帰ってみい、近所の子どもたちがぞろぞろと見物にきたもんや。長男の方はぼうっとしてたが、次男の方ははしっこい子どもでな、ひょっとしたら海軍さんになれるかなァと思ってたこともあった。が、すぐに終戦や。

わしが祥子と結婚した時は、長男が十二、次男が十一、娘が八歳やった。子どもだからまだ様子はわからんやろと思ってたんやがわしのことを恨んでたんやなァ。次男は、ぐれてしもうたんや。

あいつはほんまに可哀想なやつでな、わしが祥子と結婚した次の年には、えらいめにおうてるんや。近所の悪ガキどもと不発弾をついていたらそれが爆発してな、一人は死んでしもうた。次男が左耳が半分ふっとんだぐらいですんだのは、不幸中の幸いと言われたもんや。髪を伸ばして左耳を隠したりしたが、随分嫌な思いをしたんやろ、高校は一年で中退してしもうた。工場勤めたり、バーテンダーの見習いしたりしてたんやが、冬のある日オートバイが横転して死んでしもうたわ。

葬式の時にわしは泣いた。こんなことになったのはわしのせいやと自分を責めたんや。前の女房や長男たちは、

「別にお父さんのせいやない」

と言ってくれたが、その言い方がぞっとするほど冷たくてな。わしは両手をついて謝った。

「お前らのめんどうはみさせてくれ。頼むわ」

もちろん別れる時に、まとまったものを渡し、家も女房の名義に替えた。しかしそんなもんではとても済まないとわしは思ったんやろうな。

「お前らはずっとわしの家族や。父親のわしにめんどうみさせてくれ」

あん時はもう娘のあおいが生まれていたはずや。それなのにあっちはほんまの家族やない。別れた女房と子どもこそがほんまの家族やと思うようになったのはどうしてなんやろか。

それからな、ちょくちょく大阪へ行くようになった。あの頃はもう前の女房は再婚していた。あんな不器量な女なのに、不思議なことに男が寄って来ていた。それも町工場を経営する金持ちの男や。あの頃、日本は高度成長というやつがきていて、そこらの町工場でもえらい景気やった。前の女房はその男との子どもをたて続けに二人産んで、社長夫人におさまっていた。だからあの頃、大学生の長男や高校生の娘は行き場がなかったんと違うやろか。

「お父ちゃん、お父ちゃん」

と次第に心を許してくれるようになったんや。あれは嬉しかったで。新しいお父ちゃんはいい人やけど、小さい妹が二人出来てなんやはみ出したような気分や、と娘が言った時は涙が出てきそうになってな、

「そんならアパート借りて、兄ちゃんと二人で暮らし。アパート代くらいお父ちゃんが出してやるから」

と言ってしまったんや。それで、大阪行った時はそのアパートに行くようにした。娘がティーバッグで紅茶を淹れてくれたりしてな、三人で飲むんや。長男もわしに似て酒はまるっきり駄目や。そういえばこの二人、まだわしの籍に入ってるんや。新しいお父ちゃんと養子縁組してないと思ったら、つくづくかわいくてな。

娘が甘えて言うんや、

「なぁ、お父ちゃん、同志社ってええとこか」

「そらな、京都の私学ではいちばんやろ」

「私、同志社の英文科行きたいねん、学費出してくれない」

そういう風にねだられるの、ほんまに嬉しかったなァ。

が、金をどうするかという話になる。わしはお義父さんが生きていた頃は、適当に祥子からくすねていた。が、お義父さんが死んだ後は堂々ともらうことにした。わし

の〝ほんまの家族〟のために、そのくらいのことをしてもええと思ったんや。

松谷の家の新年会のことは聞いたことあるやろ。あんな不思議な光景は、後にも先にも見たことがない。

京都ホテルの大きな部屋にテーブルがしつらえてあって、その正面に松谷鏡水が座ってる。右側はお姑さんで左側は祥子や。その隣りにわしが座る。あおいが生まれてからは真中に小さな子ども椅子を置いてもらったな。そして右側には二号と子ども、そして左側には東京の三号と二人の子どもが座っている。東京の三号は祥子と一つしか違わない。

本妻と二人の妾とその子どもたちが、一堂に会してるなんていう光景は、まず見たことがない。昔のご大家だって、こんなことはないやろう。そや、そや、ちょっと前に『華麗なる一族』ゆう映画を見たわ。財閥の一家がお正月をホテルのレストランで過ごしていた。しかしあれは家族だけやったような気がする。愛人もおるけど表向きは執事や。自分の女房と二人の妾をはべらせ、そのうえ自分の子どもと孫を同席させるなんていうのは、今どき人に話してもまず信じてもらえん話やろうな。

わしが祥子と結婚した時には、この新年会は恒例になっていた。だからもう慣れていたんやろうな。ホテルの黒服もボーイも、好奇心でこちらを見ることもない。わしの方がホテルの者に対して恥ずかしかった。職業上訓練されているのか、それとも二人の妾を親戚の女とでも思っているのか……。たぶん最初の方やろ。

まず口を開くのは、当然松谷の義父や。

「今年は大阪万博の年や。京都にもぎょうさん人がくるやろ。今まで以上に気張って、日本のほんまの芸術ゆうのを見せなならん」

あの人は案外話が長かったな。芸術という言葉が大好きでよう使う。そして次にお義母(かあ)さんの番や。言うことはいつも決まってる。たったひと言や。

「今年も松谷のために気張っておくれやす」

すると妾も、その子どもたちもにっこり微笑(ほほえ)むんや。この子どもたちは、年頃になるとほとんど松谷家に引き取られたが、みんな出来が悪かったな。

「お前は平気なのか」

いつか祥子に聞いたことがある。

「お前のお父さんの妾らと、集まって正月を過ごす。ようそんなことが出来るな」

「あの人ら悪い人やないし」

そうやった。わしと結婚する前、祥子は麻布の家で三号と暮らしていたんや。

「そら、お義父さんぐらいの人なら、妾の一人や二人いてもおかしくないかもしれん。そやけど正月を一緒に過ごすいうのは間違うとるんやないか」

わしは田舎者だから、正月というのは晴れがましい神聖なもんやと考えていたんや。

「お父さんは正月をみんなで一緒に迎えたいだけやわ」

祥子は答えた。

「お父さんはやさしいお人やから、正月に差別をしてあの人らだけ呼ばんような、そんなかわいそうなことしたらあかん思うてるんやわ。ほんまに思いやりのある人やから」

今さらわかったことやないが、祥子にとって父親ゆうのは絶対なんや。間違ったことなど何ひとつしたことはないんや。だから母親と妾とが一緒に正月を迎える、なんちゅう気色悪いことにも耐えられる。いや、それを何もおかしいと思ってない、ゆうことに正直わしはぞっとした。

それにしてもよう我慢したもんや。結婚してから二十年ぐらいこの正月の宴会につき合ったんや。妾たちは京都ホテルに部屋をいくつもとってもらってた。子どもの部屋と自分の部屋や。お義父さんは正月の夜、その時の気分でどっちかの女の部屋に泊まるんや。わしの見たところ、若い二号のところへ行く方が多かったかもしれへんが、あの女は途中で男と逃げてしもうた。が、次の年も宴会はあったで。そん時は子どもたちだけが出席してたな、驚いたことに。

お義父さんが死んだ後、わしがまずやめさせたのは京都ホテルの正月の宴会や。一回請求書だか領収書だか見て目が飛び出そうになった。正月料金で高くなっているところに、大広間使って、そのうえ五部屋もとってるんや。会席料理だのフランス料理だの、運ばせている料理も最高のもんやったからな。

それから従業員も整理した。もう図案で食べていける時代やなかったから、そっちの方で何人かやめてもらい、その分帯の製作に金を入れることにした。野球の仕事は昭和三十八年に、阪神のコーチをやったのを最後に辞めていた。肩書きは専務や。帯を売る仕事は思っていたよりも大変やったな。そやけど「東西逸品会」と称して、他の呉服屋や小間物店と、東京や大阪のデパートで展示会を開くようにしたんはわしのアイデアや。そやけど祥子は大反対や。

「あそことは格が違う」と言い出した。

わしが協力を頼んだ帯屋が気に入らなかったらしい。うるさい、とわしは祥子の頬をはたいた。もう時代が変わっている、ということを祥子は少しもわかってない。そろそろ着物が売れなくなってきていて、京都の他のところでは、新しいモダンな着物をつくり始めたんや。有名な洋服のデザイナーや人形作家なんかに着物のデザインを頼む。中には結構売れたとこもあったで。着物に合わせて〝ニューオビ〟みたいなもんも出来上がる。どう言うたらいいんやろ。京都の人間が持っている帯の常識とは違うんや。帯と着物とは合性ゆうもんがあってな、たとえば大きな柄がぽんぽん飛んでる着物やったら無地に近い帯で色を締める。反対に無地っぽい着物やったら帯の柄で遊ぶんや。こういうもんにはきまりがあってな、それは着物好きな女だけにわかる暗号みたいなもんや。着物と帯を揃える、正倉院文様、慶長文様と時代で合わせる。それから菊の文様の着物やったら、帯は龍田川かもしれんなァ。流水に紅葉を散らした文様で、どっちも秋や。いや、これは植物同士でうるさいかもしれん。こういう時は菱文や古伊万里うつしなんかがよう合うで。

　おしゃれな女はもっと凝ったことをするな。着物がな、牡丹やったら唐獅子の帯を締めれば、能の「石橋」とすぐにわかるな。着物が八橋なら帯は業平菱を合わせて「伊勢物語」の世界や。まだまだあるで。芝居に行く時はな、さりげなく贔屓の役者の花紋の柄に、芝居にちなんだ模様、たとえば「道成寺」やったら鱗模様の帯を締めたりするんや。いやらしいか……。そらな、着物の世界というのはそういうもんや。女が日常着としていた時代なんかとうに終わって、金持ちの女が贅沢なおしゃれに着るもんになったんや。

それやからああいう着物や帯が売れていったんやろな。有名な人形師がこしらえたのは、花のカラーが大きくしゅーっと伸びてる模様の着物に、帯は花だけが大きく描かれている。着物と帯がセットで、それが百万を越しているんやがかなり売れたんや。色も着物の世界では見たことがないような青や。後で聞いたらトルコブルーというらしい。それで帯はもっと濃い群青色やった。着物のきまりも組み合わせもあったもんやない。作者が「どや」と強気でつくったもんを、女が喜んで買っていくんや。「うちも何か考えてみんか。洋服のデザイナーさんも、案外面白いもんをつくるかもしれん」

と言ったら、祥子は顔をしかめた。

「あんなもん、一過性のもんに決まってますわ。帯をあんなおもちゃやイラストみたいに扱われたらたまらんわ」

こういう時、争っても無駄なんや。うちは違う、帯は違う、の一本槍やからな。

「あんた、松谷の帯をどう思うてんの。そこいらのもんと違う。うちのお父さんは、能装束百点つくらはったお人や。いずれ美術館に入るもんばかりどす。その技術で織った松谷の帯を、そこらの洋服つくってる人にいじられてたまりますか」

能装束の話となると、祥子は目が吊り上がる。それがどんなにすごいものか、それをつくった父親はもう二度と現れない芸術家なんやとわめきたてるんや。

そんな頃や、御所近くにあった倉庫を売ろうということになった。京都の土地の値段も上がって、あんな倉庫みたいなもんに使うのはもったいない、という話になったんや。マンション業者が買うてくれて、あれは助かったな。

中のものを引越す時に、わしはもう一度、百点の能装束を見たんや。どれも立派なつづらに入れられてちゃんと保管されていた。わしは一枚を手にとってみた。牡丹唐草の衣裳は、見惚れるほど綺麗やった。松谷の父がそれこそ生涯の愛として製作したもんや。

そん時に、わしの心の中をよぎったもんを、あんたに話してもわからんやろなァ。というてもな、あんたに聞いてもらいたい。戦争なんてまるで知らんあんたになぁ。

こういうもんつくって、こういうもん織って松谷の家は成り立ってたんやなァ、としみじみわかった。あの豪壮な大原の邸。白いワンピースの祥子が、ひらひらと庭を歩いてく。女房と妾二人を並べた新年会。天井のシャンデリアに、白いテーブルクロス。

それからな、フィリピンで死んだ湯本の顔。左耳がふっとんだ次男。

「お父ちゃん、同志社の英文科行きたいねん」

と言った娘は、今ミナミのスナックに勤めてるらしいわ。

わしはな、そのずっしり重たい能装束を思いきりはたいたわ。祥子の頬によくしたようにな。

「こんなもん、なんぼのもんじゃい」

と声に出して言った。能衣裳なんかなんぼのもんじゃ、帯なんかなんぼのもんじゃ。なんでこれが芸術なんじゃ。

祥子に大声で言ってみたい。

「お前の親父のどこが芸術家なんじゃ」

あのアホ東条の使いっ走りして、戦争中も白い米を家族におくってた、お前の親父のどこが芸術家なんじゃ。そもそもお前は、自分の父親以外の男に惚れたことがあるんか。お前のために、家族を捨てたわしの気持ちをほんまにわかっとんのか……。

半月後、わしは能装束をトラックに積んで丹後の美術館へ向かった。美術館というても個人の小さいところや。そこに一点三十万円で叩き売ったわ。

それを知った時の祥子の怒りようったらなかった。泣きながらむしゃぶりついてきたわ。

「じゃかましい」

わしは怒鳴った。

「お前の望みどおり、美術館に入れてやってなにが悪いんじゃ」

まあ、その後もいろんなことがあって今じゃこのざまや。まあわしもそんなに長いことないやろ。まあ、ええ……。まあ、ええ……。こんなもんやったんやろな。

この本は祥子が金出してつくるんか。自費出版っちゅうやつか。松谷鏡水という男の伝記を書いてほしいと。祥子にとって父親は神さまや、誰もけなすことは出来ん。

やさしいいい女やったが、あれだけは勘弁やな。

まあ、神さまの娘と結婚したわしはしんどかったで。それももうしまいやな。これで終わる本もさみしいから、あんたうまくやっといてや。

能装束の三分の一は祥子が買い戻したそうや。あとの七十点もきっと金をためてやり終えるに違いない。それがあれの生き甲斐や。帯はあの神さまの教典やもんな。

本書は二〇一四年十月に小社より単行本として刊行されました。

この作品は実在の人物への取材を参考にして書かれたフィクションです。

|著者| 林 真理子　1954年山梨県生まれ。日本大学芸術学部卒業。'82年エッセイ集『ルンルンを買っておうちに帰ろう』が大ベストセラーに。'86年『最終便に間に合えば／京都まで』で第94回直木賞を受賞。'95年『白蓮れんれん』で第8回柴田錬三郎賞、'98年『みんなの秘密』で第32回吉川英治文学賞、『アスクレピオスの愛人』で第20回島清恋愛文学賞を受賞。2018年、紫綬褒章を受章。'20年、第68回菊池寛賞を受賞。小説のみならず、週刊文春やan・anの長期連載エッセイでも変わらぬ人気を誇っている。

大原御幸（おはらごこう）　帯（おび）に生（い）きた家族（かぞく）の物語（ものがたり）
林（はやし） 真理子（まりこ）

2019年11月14日第1刷発行
2023年9月11日第2刷発行

発行者──髙橋明男
発行所──株式会社　講談社
東京都文京区音羽2-12-21　〒112-8001
電話　出版（03）5395-3510
　　　販売（03）5395-5817
　　　業務（03）5395-3615

Printed in Japan

講談社文庫
定価はカバーに
表示してあります

KODANSHA

デザイン─菊地信義
本文データ制作─講談社デジタル製作
印刷───株式会社KPSプロダクツ
製本───株式会社KPSプロダクツ

ISBN978-4-06-518081-5

講談社文庫刊行の辞

二十一世紀の到来を目睫に望みながら、われわれはいま、人類史上かつて例を見ない巨大な転換期をむかえようとしている。

世界も、日本も、激動の予兆に対する期待とおののきを内に蔵して、未知の時代に歩み入ろうとしている。このときにあたり、創業の人野間清治の「ナショナル・エデュケイター」への志を現代に甦らせようと意図して、われわれはここに古今の文芸作品はいうまでもなく、ひろく人文・社会・自然の諸科学から東西の名著を網羅する、新しい綜合文庫の発刊を決意した。

激動の転換期はまた断絶の時代である。われわれは戦後二十五年間の出版文化のありかたへの深い反省をこめて、この断絶の時代にあえて人間的な持続を求めようとする。いたずらに浮薄な商業主義のあだ花を追い求めることなく、長期にわたって良書に生命をあたえようとつとめるところにしか、今後の出版文化の真の繁栄はあり得ないと信じるからである。

同時にわれわれはこの綜合文庫の刊行を通じて、人文・社会・自然の諸科学が、結局人間の学にほかならないことを立証しようと願っている。かつて知識とは、「汝自身を知る」ことにつきていた。現代社会の瑣末な情報の氾濫のなかから、力強い知識の源泉を掘り起し、技術文明のただなかに、生きた人間の姿を復活させること。それこそわれわれの切なる希求である。

われわれは権威に盲従せず、俗流に媚びることなく、渾然一体となって日本の「草の根」をかたちづくる若く新しい世代の人々に、心をこめてこの新しい綜合文庫をおくり届けたい。それは知識の泉であるとともに感受性のふるさとであり、もっとも有機的に組織され、社会に開かれた万人のための大学をめざしている。大方の支援と協力を衷心より切望してやまない。

一九七一年七月

野間省一

西尾維新　掟上今日子の推薦文
西尾維新　掟上今日子の挑戦状
西尾維新　掟上今日子の遺言書
西尾維新　掟上今日子の退職願
西尾維新　掟上今日子の婚姻届
西尾維新　掟上今日子の家計簿
西尾維新　掟上今日子の旅行記
西尾維新　新本格魔法少女りすか
西尾維新　新本格魔法少女りすか2
西尾維新　新本格魔法少女りすか3
西尾維新　新本格魔法少女りすか4
西尾維新　人類最強の初恋
西尾維新　人類最強の純愛
西尾維新　人類最強のときめき
西尾維新　人類最強のsweetheart
西尾維新　りぽぐら！
西尾維新　悲鳴伝
西尾維新　悲痛伝
西尾維新　悲惨伝

西尾維新　悲報伝
西村賢太　どうで死ぬ身の一踊り
西村賢太　夢魔去りぬ
西村賢太　藤澤清造追影
西村賢太　瓦礫の死角
西川善文　ザ・ラストバンカー〈西川善文回顧録〉
西川　司　向日葵のかっちゃん
西　加奈子　舞台
丹羽宇一郎　民主化する中国〈習近平がいま本当に考えていること〉
貫井徳郎　新装版 修羅の終わり(上)(下)
貫井徳郎　妖奇切断譜
額賀　澪　完パケ！
A・ネルソン　「ネルソンさん、あなたは人を殺しましたか?」
法月綸太郎　法月綸太郎の冒険
法月綸太郎　新装版 密閉教室
法月綸太郎　怪盗グリフィン、絶体絶命
法月綸太郎　怪盗グリフィン対ラトウィッジ機関
法月綸太郎　キングを探せ
法月綸太郎　名探偵傑作短篇集 法月綸太郎篇

法月綸太郎　新装版 頼子のために
法月綸太郎　誰彼〈新装版〉
法月綸太郎　法月綸太郎の消息
法月綸太郎　雪密室〈新装版〉
乃南アサ　不発弾
乃南アサ　地のはてから(上)(下)
乃南アサ　チーム・オベリベリ(上)(下)
野沢　尚　破線のマリス
野沢　尚　深紅
野村克也／宮本慎也　師弟
乗代雄介　十七八より
乗代雄介　本物の読書家
乗代雄介　最高の任務
橋本　治　九十八歳になった私
原田泰治　わたしの信州
原田泰治／原田武雄　泰治が歩く〈原田泰治の物語〉
林　真理子　みんなの秘密
林　真理子　ミスキャスト
林　真理子　ミルキー

講談社文庫 目録

林 真理子 新装版星に願いを
林 真理子 野心と美貌〈中年心得帳〉
林 真理子 正妻(上)(下)〈慶喜と美賀子〉
林 真理子 大原御幸〈帯に生きた家族の物語〉
林 真理子 さくら、さくら〈おとなが恋して〉〈新装版〉
林 真理子／見城 徹 過剰な二人
原田 宗典 スメル男〈新装版〉
帚木 蓬生 日御子(上)(下)
帚木 蓬生 襲来(上)(下)
坂東 眞砂子 欲情
畑村 洋太郎 失敗学のすすめ
畑村 洋太郎 失敗学実践講義〈文庫増補版〉
はやみねかおる 都会のトム&ソーヤ(1)
はやみねかおる 都会のトム&ソーヤ(2)〈乱! RUN! ラン!〉
はやみねかおる 都会のトム&ソーヤ(3)〈いつになったら作戦終了?〉
はやみねかおる 都会のトム&ソーヤ(4)〈四重奏〉
はやみねかおる 都会のトム&ソーヤ(5)〈IN塀戸〉(上)(下)
はやみねかおる 都会のトム&ソーヤ(6)〈ぼくの家へおいで〉
はやみねかおる 都会のトム&ソーヤ(7)〈怪人は夢に舞う〈理論編〉〉
はやみねかおる 都会のトム&ソーヤ(8)〈怪人は夢に舞う〈実践編〉〉
はやみねかおる 都会のトム&ソーヤ(9)〈前夜祭 内人side〉
はやみねかおる 都会のトム&ソーヤ(10)〈前夜祭 創也side〉
原 武史 滝山コミューン一九七四
濱 嘉之 警視庁情報官〈シークレット・オフィサー〉
濱 嘉之 警視庁情報官 ハニートラップ
濱 嘉之 警視庁情報官 トリックスター
濱 嘉之 警視庁情報官 ブラックドナー
濱 嘉之 警視庁情報官 サイバージハード
濱 嘉之 警視庁情報官 ゴーストマネー
濱 嘉之 警視庁情報官 ノースブリザード
濱 嘉之 ヒトイチ 警視庁人事一課監察係
濱 嘉之 ヒトイチ 画像解析〈警視庁人事一課監察係〉
濱 嘉之 ヒトイチ 内部告発〈警視庁人事一課監察係〉
濱 嘉之 新装版 院内刑事
濱 嘉之 新装版 院内刑事〈ブラック・メディスン〉
濱 嘉之 院内刑事〈フェイク・レセプト〉
濱 嘉之 院内刑事 ザ・パンデミック
濱 嘉之 院内刑事 シャドウ・ペイシェンツ
濱 嘉之 プライド 警官の宿命
馳 星周 ラフ・アンド・タフ
畠中 恵 アイスクリン強し
畠中 恵 若様組まいる
畠中 恵 若様とロマン
葉室 麟 風渡る
葉室 麟 風の軍師〈黒田官兵衛〉
葉室 麟 星火瞬く
葉室 麟 陽炎の門
葉室 麟 紫匂う
葉室 麟 山月庵茶会記
葉室 麟 津軽双花
長谷川 卓 嶽神〈上・白銀渡り〉〈下・湖底の黄金〉
長谷川 卓 嶽神伝 鬼哭(上)(下)
長谷川 卓 嶽神列伝 逆渡り
長谷川 卓 嶽神伝 血路
長谷川 卓 嶽神伝 死地
長谷川 卓 嶽神伝 風花(上)(下)
原田 マハ 夏を喪くす

東野圭吾　悪意
東野圭吾　私が彼を殺した
東野圭吾　嘘をもうひとつだけ
東野圭吾　赤い指
東野圭吾　流星の絆
東野圭吾　新装版　浪花少年探偵団
東野圭吾　新装版　しのぶセンセにサヨナラ
東野圭吾　新参者
東野圭吾　麒麟の翼
東野圭吾　パラドックス13
東野圭吾　祈りの幕が下りる時
東野圭吾　危険なビーナス
東野圭吾　時生〈新装版〉
東野圭吾　希望の糸
東野圭吾　どちらかが彼女を殺した〈新装版〉
東野圭吾作家生活25周年祭り実行委員会　東野圭吾公式ガイド〈読者1万人が選んだ東野作品人気ランキング発表〉
東野圭吾作家生活35周年実行委員会 編　東野圭吾公式ガイド〈作家生活35周年ver.〉
平野啓一郎　高瀬川
平野啓一郎　ドーン

平野啓一郎　空白を満たしなさい(上)(下)
百田尚樹　永遠の0
百田尚樹　輝く夜
百田尚樹　風の中のマリア
百田尚樹　影法師
百田尚樹　ボックス！(上)(下)
百田尚樹　海賊とよばれた男(上)(下)
平田オリザ　幕が上がる
東直子　さようなら窓
蛭田亜紗子　凜
樋口卓治　ボクの妻と結婚してください。
樋口卓治　続・ボクの妻と結婚してください。
樋口卓治　喋る男
平山夢明　魂豆腐〈大江戸怪談どたんばたん(土壇場譚)〉
平山夢明 宇佐美まこと ほか　超怖い物件
東川篤哉　純喫茶「一服堂」の四季
東山彰良　流
東山彰良　女の子のことばかり考えていたら、1年が経っていた。
平田研也　小さな恋のうた

日野草　ウェディング・マン
平岡陽明　僕が死ぬまでにしたいこと
ビートたけし　浅草キッド
ひろさちや　すらすら読める歎異抄
藤沢周平　新装版　春秋の檻〈獄医立花登手控え(一)〉
藤沢周平　新装版　風雪の檻〈獄医立花登手控え(二)〉
藤沢周平　新装版　愛憎の檻〈獄医立花登手控え(三)〉
藤沢周平　新装版　人間の檻〈獄医立花登手控え(四)〉
藤沢周平　新装版　闇の歯車
藤沢周平　新装版　市塵(上)(下)
藤沢周平　新装版　決闘の辻
藤沢周平　新装版　雪明かり
藤沢周平　義民が駆ける〈レジェンド歴史時代小説〉
藤沢周平　喜多川歌麿女絵草紙
藤沢周平　闇の梯子
藤沢周平　長門守の陰謀
古井由吉　この道
藤田宜永　樹下の想い
藤田宜永　女系の総督

2023年6月15日現在